V섬의 검은 짐승

V섬의 검은 짐승

양선형 중편소설

2023
문학실험실

—

1

알약을 먹은 뒤 한 시간 정도가 지나자 시야가 진정되었다. 방금까지만 해도 이글거리던 풍경이 눈앞으로 쇄도하는 듯했다. 지금은 풍경과 자신 사이의 간격을 또렷하게 지각할 수 있었다. 관자놀이의 울렁거림도 확실히 잦아들었다. 이제부터는 감독을 기다려야 했다. 하루에 두 차례 배가 다니는 V섬은 내륙에서 출발해 인근의 섬들을 순회하는 소형 페리로 두 시간이 걸렸다. 원래는 아침 일찍 내륙의 여객 터미널에서 감독과 만나 함께 V섬으로 출발할 예정이었는데, 렌탈 숍에서 대여할 촬영 장비에 문제가 생겼다는 모양이었다. 그는 휴대폰에서 들리는 감독의 다급한 음성에 떠밀려 여객선을 탔다. 다음 여객선의 입항 시각까지는 다섯 시간이 남아 있었다.

　주말 동안의 짤막한 일정이었다. 막 여객선에서 내려 부두에 발을 디뎠을 때에는 들이닥친 어지럼증 때문에 V섬의 첫인상이랄 게 없었다. 그는 시야의 가장자리로 떠내려가는 푸른 바다와 깨어진 틈새마다 시들시들한 민들레가 밟혀 있는 콘크리트 제방을 따라 휘청거리는 몸을 부축하듯 걸어갔다. 휴대폰에 그가 투숙할 펜션의 위치가 표시된 지도가 있었다. 감독은 펜션 주인과 친분이 있었다. 재회하는 건 퍽 오랜만이라고. 예전에 저를 많이 도와주셨던 분이에요. 저도 은혜를 갚아야죠. V섬은 감독의 고향이었다. 그는 히죽거리며 펜션 주인과의 추억을 읊조리는 감독 앞에서 입을 다문 채로 한참을 앉아 있었다.

　그는 연안에서 부대로 복귀할 때까지 시간을 죽이고 있는 해병들을 목격했다. 제방 위에 걸터앉아 노닥거리는 해병들은 금방이라도 푸른 바다로 다이빙해도 이상하지 않을 것처럼 전투복 상의를 벗고 있었다. 탄탄한 어깨가 햇살에 반짝였다. 유쾌하고 관능적인 광경이었다. 평소라면 조금 떨어져 그들의 늠름하고 야무진 육체를 곁눈질했을 텐데. 바닷바람을 쐬어도 가시지 않는 어지럼증 때문에 그럴 여력이 없었던 것 같다. 허공을 유연하게 활강하는 나그네새 두 마리가 그의 시선을 대신하듯 해병들 주위를 맴돌았다.

V섬에 포격 사건이 벌어지고 나서 녹슬었던 야산의 철조망 안쪽에 컨테이너로 제작된 새로운 병영이 설치되었다. 해병들은 그곳에서 생활했다. V섬을 포함한 주변 섬들을 관할하는 육지의 해병 사단에서 파견된 이들이었다. 교대로 경계 근무나 해안 감시 장비를 운용한다고 했다. 주말이면 마을로 외출을 나온다고, 마을의 몇몇 노인들이 외출을 나온 해병들에게 종일 휴대폰을 빌려주고 약간의 돈을 받는다고 했다. V섬은 할 일이 마땅치 않은 외진 섬이었다. 해병들은 여름이면 대개 V섬 남단의 해변에서 속옷 차림으로 물놀이나 일광욕을 하면서 휴일을 즐긴다고 했다.

펜션은 말이 펜션이지 마당이 딸린 가정집에 가까워 보였다. 측면의 별채에 객실들의 번호가 적힌 푯말이 붙어 있었다. 그는 쪽문을 밀며 마당으로 들어섰다. 사슬에 묶인, 왼쪽 후방의 다리가 불구이고 주둥이가 뾰족한 노란 개 한 마리가 그를 향해 드세게 울부짖었다. 개집 근처에서 심한 악취가 났다. 개는 험악한 인상이었다. 그러나 그가 마당 안쪽으로 진입할수록 점차 심드렁해져서 시무룩하게 고개를 떨어뜨렸다.

저기요. 마당에 우두커니 서서 안채를 향해 외쳤지만 아무도 밖으로 나오지 않았다. 메마른 화분이 대중없이 방치된 마당은 휑뎅그렁했다. 개의 장난감이었겠으나 이제는 개조차 거들떠보지 않는 물건인 삭은 정강이뼈 하나가 개집 옆에 덩그러니 놓여 있었다. 그는 문간의 계단을 올랐다. 초인종을 눌렀다. 역시 응답이 돌아오지 않았다. 처연하면서도 익숙한 멜로디가 초인종을 누를 때마다 이어지다 끊겼다.

그는 감독에게 전화를 걸었다. 감독은 전화를 받지 않았다. 몇 차례 더 문을 두들기는데 감독에게서 메시지 한 통이 도착했다. 지금 연락할 상황이 아니니 나중에 통화해요. 메시지 아래에 펜션 주인의 연락처가 적혀 있었다. 펜션 주인이 집으로 돌아오기까지 한가롭고 태연하게 시간을 보낼 수도 있었겠으나 그는 당장 휴식할 공간이 필요했다. 가슴 한가운데 복숭아 씨앗이 박힌 것처럼 호흡이 답답했다. 눈앞으로 먹색 얼룩이 번졌다. 이마에서는 식은땀이 줄기차게 흘러내렸다.

네가 개가 말한 개 친구로구나? 간신히 통화가 이어진 펜션 주인이 말했다. 중요한 회의가 있어서 마을 회관에 나와 있거든. 우리가 개한테 감사하다는 말도 꼭 전해주고. 열쇠는 거기 뒀어. 짤막한 통화가 끝났다. 물지 않으니까 괜찮아. 겉으로만 사나운 거거든. 그게 다 상처가 있어서 그래. 그는 직전의 통화에서 펜션 주인이 그를 안심시키기 위해 했던 말들을 떠올렸다. 개는 그가 자신을 주시하자마자 벌떡 일어나 으르렁거렸다. 아무래도 심기를 건드린 모양이었다. 펜션 주인이 일러준 열쇠는 개의 모가지에 걸려 있었고, 그는 자신에게 갑작스레 벌어진 이 상황을 부당하고 가혹한 시련이라고 느끼며 주춤거리듯 개집 근처로 다가갔다. 목줄이 팽팽해졌다. 개가 금방이라도 그에게로 달려들 것처럼 고개를 치켜세웠다. 충혈된 눈알이 불룩하게 튀어나왔다. 모가지에 걸린 열쇠 꾸러미가 짤랑거리는 소리를 내며 흔들렸다.

객실에 입장하는 데까지도 이렇듯 피로한 절차를 거쳐야만 했다는 말이다. 그는 조심스럽게 개의 머리를 매만지며 개집 앞에 쪼그리고 앉았다. 따뜻하며 질척한 주둥이가 그의 품으로 파고들었다. 개는 그가 느낀 찰나의 두려움에 아랑곳하지 않은 채 그의 팔꿈치를 핥기 시작했다. 만나서 반가워. 나도 좋아해. 그는 폴짝거리는 개가 흡족하게 느끼도록 여러 차례 등어리를 쓰다듬어준 뒤 개의 목에서 열쇠를 낚아챘다. 개의 침으로 흥건해진 손바닥을 바지에 문지르며 별채의 객실로 갔다. 이불도 깔지 않고 싸늘한 방바닥 위로 무너졌다. 드디어 V섬에 도착한 기분이었다. 객실은 어스름했다. 창문이 열려 있었는데, 바닷가 주변의 민가에서 흔히 볼 수 있는 야트막한 슬레이트 지붕들 너머로 푸른 바다가 그림처럼 걸려 있었다.

여객선이 V섬에 입항하기 전부터 시작된 공황 증세는 오늘따라 매섭고 곤혹스러웠다. 그가 V섬으로 향하고 있는 것이 아니었다. V섬이라는 모호한 장소가 먹구름처럼 그에게로 몰려드는 것만 같았고, 이러한 느낌은 V섬에 진입할수록 심해지는 초조함이 원인이었다. 아무튼 공황은 공황일 뿐이었다. 우발적으로 들이닥쳐 그를 혼비백산하게 만드는 이러한 신경증적인 기능 이상은, 그에게 어떤 미래에 대한 예감을 전해주는 암시나 신호가 아니었으며, 그의 척추를 따라 가느다란 잔뿌리처럼 퍼진 시냅스들 사이의 배선이 교란되었기에 나타나는 무의미한 효과에 지나지 않았다. 적어도 그는 그렇게 생각했다.

그러므로 그는 자신의 신체적인 증상에 특별한 의미를 부여하는 일을, 갑작스레 들이닥치는 지독한 불안을 어떤 사건의 전조로 해석하고 이를 통해 미래의 감도를 악화시키는 일을 경계해야 했다. 그는 챙겨온 알약을 삼킨 뒤 눈을 감았다. 그는 V섬에 대해 생각하지 않았다. 그는 어지럼증과 호흡곤란이 얌전해지는 순간을, 그의 신체를 잠식한 불안이 다시금 그의 신체를 빠져나가는 때를 기다렸을 뿐이다. 눈에 비친 모든 사물이 있던 장소에 그대로 머물러 있을 것이다. 그에게서 시작된 소용돌이는 그에게서 멎는다. V섬은 여느 때와 같이 화창하고, 그는 분별력을 회복한 채로 깨어나 V섬을 산책하게 될 것이다. 정말 그렇게 될까?

*

나쁘지 않을 여행이 될 거야. 그는 생각했다. 그것도 돈을 벌어서 돌아가는 여행. 그는 지끈거리는 머릿속을 투명하게 비우려 했다. 객실은 고요했다. 감독과의 마지막 만남에서 그는 최근 빈도가 잦아진 공황 증세에 관해 넌지시 토로했다. 어지러우면 팔을 들어 슬쩍 알려주

세요. 재밌을 것 같아요. 감독이 대답했다. 그는 호기심
으로 빛나는 시선에서 감독이 공황에 시달리는 자신을
촬영하길 원한다는 메시지를 읽었다. 그의 얼굴이 창백
하게 질린다. 호흡이 가빠진다. 카메라의 렌즈가 금방이
라도 고꾸라질 것처럼 다리가 후들거리는 그를 기록한
다. 희미해지는 의식을 움켜쥐려는 온갖 부질없는 시도
가 카메라에 담길 것이다. 별로 어려운 일은 아니죠. 그
는 대답했다.

　그는 V섬의 해안이나 야산 등지에서 감독의 주문에
따라 몇몇 단조로운 몸짓을 되풀이할 것이다. 감독이 삼
각대를 설치하고 거치된 카메라의 위치와 각도를 조절
하는 동안, 카메라 바깥에서, 자신을 부르는 감독의 목
소리가 들리기까지 주변을 얼쩡거리며 시간을 허비할
것이다. 감독에게 중요한 시간은 그가 카메라 속으로 들
어선 다음이겠지만, 그에게 더 오래 허락된 시간은 카메
라 바깥의 유예나 대기 시간일 것이다. 그러나 감독은
가끔 준비되지 않은 그에게로 카메라를 들이밀었다. 이
때 카메라 바깥을 배회하는 그와 카메라 안쪽으로 입장
한 그가 분간될 수 없이 합쳐지곤 했다. 여기에 카메라
가 있다고 생각하지 마세요. 물론 있는 카메라를 일부러

없다고 생각할 수는 없겠지만, 아무리 노력해도 카메라를 의식할 수밖에 없는 사람이 자신을 촬영하는 카메라를 열심히 부인할 때 생성되는 불일치가 진짜 흥미로운 법이죠. 감독이 말했다.

감독과는 이제까지 세 편의 영화를 함께 찍었다. 만날 때마다 완성된 작품을 영화제에 출품했다고 말했는데, 영화제 사이트에 접속해 이름을 검색해도 나오지 않는 걸 보아 매번 고배를 마시고 있는 모양이었다. 더군다나 감독은 그에게 편집을 마무리한 영상을 보여준 적이 없었다. 촬영의 내용은 대개 감독이 미리 낙점한 장소들을 부지런히 산책하거나 지정된 곳에서 의미 불명의 어쭙잖은 몸짓들을 연기하는 일이었다. 감독이 신중하게 위치를 지정한 장소에 걸터앉아 정해지거나 정해지지 않은 말들을 중얼거렸다. 망설이다 대사를 놓쳤을 때 감독은 되는대로 말해도 괜찮다고 말했다. 제가 비전문 배우를 기용한 이유가 있거든요. 감독 또한 전문적으로 영화를 찍는 사람처럼 보이지는 않았다. 따로 진짜 직업이 있는 것 같았지만, 그는 감독의 진짜 직업을 알지 못했다. 감독이 만들고자 하는 영화라는 것도 감독의 머릿속에서 아른거리는 소박하고 조촐한 공상을 실현시키는 행위에 방점이 찍혀 있는 듯했다. 그는 감독의 예술적인 지향이나 목표에 대체로 무관심했다. 감독은 자신의 영화에 대해 자주, 그리고 막연하게 떠들었지만, 그 이야기가 영화나 예술 일반에 대해 진술하듯 해당되는 의미의 범주가 지나치게 넓어 뜬구름을 잡는 것처럼 느껴질 때도 많았다. 대체 뭘 하고 싶은 거예요? 이렇게 물으면 감독은 자신이 찍은 영화의 주제가 자신의 삶 자체라고 대답할 것이다.

　다른 작가들이 그렇듯 궁극적인 화두는 제게 주어진 삶을 제게 어울리는 방식으로 이해하는 일이에요. 시작은 순전히 개인적인 충동이에요. 하지만 카메라를 통과하면 뭔가가 달라지죠. 카메라가 저의 개인적인 충동에 순순히 협력할 리 없죠. 카메라와 개인적인 충동 사이의 간극 속에서 작품이 창조되는 거죠. 저는 삶을 어렵게 긍정하고 싶어요. 그것을 영화를 통해 증명하고 싶고요. 저는 가끔 해서는 안 되는 생각을 하거든요. 해서는 안 되는 생각이 진짜로 이루어진 적은 지금까지 딱 한 번뿐이에요.

　감독은 대개 혼자 움직였다. 가끔은 조연출이라고 불리는 심부름꾼을 대동했다. 조연출은 끄트머리에 털실

주머니가 달린 기다란 붐 마이크를 들고 감독을 따라 다녔다. 투박한 디자인의 검은 헤드셋을 착용하고 있었 다. 그러나 심부름꾼이 영화의 사운드와 관련한 요령이 나 실질적인 기술을 가지고 있을 리는 만무했는데, 심부 름꾼 또한 감독이 게시한 단기 용역 아르바이트 광고를 보고 찾아온 영화 현장을 경험해본 적이 없는 사람이었 기 때문이다. 매번 새로운 얼굴의 조연출이 감독이 건넨 묵직한 헤드셋을 쓰고 양쪽 뺨이 짜부라진 채 의뭉스럽 게 눈을 껌뻑이며 저들이 무슨 수작을 부리고 있는지 영문을 모르겠다는 덜떨어진 표정을 짓고 있었다. 감독 은 조연출에게 영화와 관련한 어떤 지시도 내리지 않았 다. 가끔 담배나 음료수 심부름을 시키는 정도였다.

이렇듯 촬영 현장의 분위기는 전체적으로 엉성하고 우스운 편이었다. 돈이 많이 들어가는 애들 장난 같은 영화. 친목을 도모하는 일에 주된 목적이 있는 대학교 의 영화 동아리에서 구색 갖추기로 대충 놀면서 제작하 는 영화. 배가 산으로 가든 섬으로 가든 돈만 받으면 된 다는 생각 속에서 감독의 종잡을 수 없는 지시에 피상 적으로 맞장구를 쳐주는 영화. 어쩌면 그가 연기를 하고 있는 것이 아니라 감독이 영화를 만들고 있다는 착각

속에서 감독이라는 배역을 연기하고 있는지도 몰랐다.

감독은 촬영 도중 발생한 식사나 숙박에 관한 비용을 사비로 지불했다. 한번은 그와 조연출을 영화를 촬영했던 수목원 근처의 유명한 온천으로 데려갔다. 불그스름한 조명 때문에 뭔가 음험한 분위기를 풍기는 후덥지근한 사우나 안에서 그와 감독, 조연출이 나무 의자의 세 모서리에 걸터앉아 서로의 알몸을 훔쳐보지 않기 위해 안간힘을 썼던 떨떠름한 기억. 그래도 그들이 이틀 동안 머물렀던 리조트는 호사스러울 만큼 좋았다. 숙박비가 꽤나 많이 나왔을 텐데. 감독은 프런트에서 일시불로 결제했던 과감한 금액에 괘념치 않은 듯 매끈해진 피부에 관해 종알거릴 뿐이었다. 감독의 인상은 전반적으로 그랬다. 사비를 털어 사적인 영화 한 편을 제작하고 영화제에 출품한 다음 장렬하게 탈락하는 사람. 무모하고 시대착오적인 모습이 안쓰러워 밥이라도 한 끼 대접하면 좋겠지만 별로 친해지고 싶지는 않은 사람. 밥은 항상 감독이 사는 편이었지만 어쨌든.

*

　　감독과 인연이 닿은 것은 그가 첫 번째 소설집을 출 간했을 무렵이었다. 두 달 동안 포털 사이트에 자신의 소설집을 검색했지만 아무런 리뷰도 올라오지 않았고, 다달이 출간된 신간 단행본들을 소개하는 작은 인터넷 신문사의 기사에는, 이른바 신뢰할 수 없는 화자를 동원 해 서술한, 그로서는 익살스러운 소격 효과를 의도한 문 장들이 작가의 의도처럼 창피하게 조작된 채로 서술되 어 있었다. 얼마 뒤 올라온 첫 리뷰는 어느 대학생의 하 루 일과를 기록한 블로그 포스팅이었다. 서울 소재의 국 문과 대학생으로 추정되는 그는 학교에서 현대 철학과 문학의 이해 수업에 참여한 뒤 학교 주변에서 점심으로 치즈돈가스를 먹는다. 약속 장소로 가는 도중 그의 책을 중고 서점에 판매하고 친구들을 만나 보드게임 카페에 들른 뒤 해물누룽지탕에 맥주를 곁들인다. 바쁘고 알찬 하루였겠네. 그는 생각했다.

　　그는 그날 이후 다시는 자신의 책을 포털에 검색하지 않았다. 당시 그는 이력서를 제출한 회사들에 면접을 보 러 다니는 와중이었다. 이력서에 기술할 경력이 없어 출 간 이력을 적었는데 그것이 결정적인 패착이었던 것 같 다. 마케팅 부서에 지원해 서류를 통과했던 한 건강식품

회사에서는 그의 출간 경력에 주목했는지 면접 도중에 그가 쓴 소설의 내용을 물었다. 그가 쓴 소설의 내용? 그런 건 존재하지 않았다.

입사에 실패하고 집에 틀어박혀 건더기가 남은 짜파게티 국물에 밥을 버무리고 있을 때였다. 핸드폰에 뜻밖의 메일이 도착했다는 알림이 떴다. 영화를 찍는 사람이라고 스스로를 소개한 감독은 출판사 저자 소개에 기입된 주소로 메일을 보낸다며, 자신의 제안이 오해되지 않기를 간절히 바란다고 썼다. 기회가 주어진다면 직접 얼굴을 보고 이야기를 계속하면 좋겠다는 것이다. 그는 감독의 메일이 반가웠다. 며칠 뒤 지하철역 인근의 프렌차이즈 카페에서 감독과 만나기로 약속을 잡았다. 그러니까 항상 외로움이 문제다. 외롭지 않았다면 만나길 청하는 감독의 제안을 정중하게 거절했을 것이고, 그의 소설에 관한 의견이 장황한 어조로 적힌 감독의 메일을 흐뭇한 미소를 지으며 열람하는 일도 없었겠지. 외로움은 사람을 게걸스럽게 만드는 구석이 있다. 이전까지 욕망하지도 않았던 대상들을 향한 산만한 갈증 속으로 밀어 넣는데, 신원이 불확실한 독자의 메일 따위야 무시하면 그만이었을 것이다. 그러나 이성적인 판단을 마비시키는 외로움 때문에 그는 약간의 설렘을 느끼며 약속된 시간보다 일찍 카페에 도착하고 말았다. 약속된 시간이 지나자 슬슬 감독에게 바람을 맞지는 않을까 걱정스러웠다. 그는 감독에게 당근색 코트를 입고 기다리고 있다는 메일을 보냈다. 혹시 찾지 못하시는 거 아니에요?

　만남이 끝나고 집으로 돌아가며 그는 감독에게 속았다는 생각을 했다. 감독은 수더분한 야상 차림으로 나타났다. 급히 달려온 듯 호흡이 가빴다. 맞은편에 털썩 주저앉은 채 억눌렀던 말을 발작적으로 엎지르는 것처럼 대뜸 그를 자신이 촬영할 영화의 배우로 고용하고 싶다는 말을 했다. 배우요? 황당하게 되묻는 그를 향해 감독은 자신의 영화가 약간의 허구를 곁들인 다큐멘터리 작업과 다르지 않다고 말했다. 연기하지 않으셔도 돼요. 서투르면 어색한 만큼 솔직하게 보여주면 되고요. 감독은 변명하듯 그가 담당할 역할에 관한 이야기를 줄줄이 꺼내놓았다. 감독의 어조에는 과도한 의욕이나 가꾸어지지 않은 자의식이 말의 성격과 진의를 손상시키는 것만 같은 투박함이 있었다.

　일단 진정하고 커피 시키시죠. 그는 감독을 달랬다. 감독이 커피를 주문하러 카운터로 향한 사이 잽싸게 가방을 챙겨 카페에서 도망치려 했다. 그러나 그 순간 감독이 그의 소설을 읽은 얼마 되지 않는 독자라는 사실을 상기했던 것이다. 아이스커피를 들고 돌아온 감독은 다시금 이야기를 이어갔다. 통통배가 메시지의 항로를 따라가다 정념의 풍랑을 만나 침몰하듯 감독은 제 머릿속에서 회오리치는 말들 사이에서 자신이 전하려는 의미의 행로를 골라내지 못하는 사람이었다. 떠오르는 단어들을 성급하게 주워섬기듯 되는대로 말했다는 뜻인데, 그는 훗날 V섬에서 감독의 이야기가 불길한 방식으로 실현되는 광경을 목도할 예정이었다. 정리하자면 대강 이런 말들이었다.

(1) 감독의 말에서 그나마 수긍할 수 있는 부분들

어떤 사건은 체험될 당시에는 아무런 의미도 갖지 못합니다. 사건이 신속하게 지나가며 이전까지의 삶을 갈아엎는 무자비한 불길의 속도라면, 의미는 사건에 비하면 두 번째나 세 번째로 뒤늦게 도착하지요. 의미는 기진맥진하고 애처로워 보입니다. 의미는 허우적거리는 짐승처럼 사건을 추적하지만 사건을 추월해 달아나지는 못해요. 정신없이 손발을 휘두를 때마다 아득히도 뒤

처지는 것 같아요. 의미는 나풀거리는 신기루 속에 갇힌 파르스름한 나방이지요. 의미는 집요하게 사건을 파고들고 있음에도 정작 자신의 심장을 차갑게 파고드는 전도된 칼날을 느끼는 무능한 탐정에 지나지 않습니다.

의미는 인내합니다. 의미의 가장 커다란 미덕이란 성실함이며 그것의 한계 또한 탈진할 때까지 그저 성실하다는 점이겠지요. 사건은 그동안 은폐되었던 장소, 이제부터 난폭한 짐승들이 뛰쳐나오기 시작한 예배당의 문을 닫으려는 의미의 시도를 파기하면서 스스로를 재현합니다. 참될 만큼 성실한 의미란 사건의 미결정적인 변덕에 열렬하게 찬성하면서 자신의 형태와 천성을 반죽하며 뒤바꾸는 불안정한 짐승이에요. 실종된 사건에 대한 지향성을 포기하지 않지만 자신 또한 실종에 감염된 실종으로서 병들어가는 짐승인 것입니다.

사건을 도무지 애도하지 못하는 작가들을 보세요. 의미는 안절부절못합니다. 의미는 사건이 유발한 고통과 현기증에 의해 거듭 훼손됩니다. 그러나 피떡이 된 돌담처럼 온통 상처를 입은 의미의 모습에서 제 상실에 고착된 채 같은 자리를 맴도는 우울한 인간의 반영만을 읽어내는 사람에게 작품은 어떤 새로운 가능성도 개시하지 않겠지요. 작품은 어떤 경우에라도 스스로를 변신시키는 힘의 모색입니다. 기억 속에 도사린, 더러운 호수처럼 끈적끈적하게 고여 있는 불온한 에너지를 짐승의 뿔처럼 들어 올리는 욕망의 실천인 것이지요. 작품은 추억에 사로잡혀 질식하는 자신의 모습을 멍하니 받아쓰는 일에 만족하지 않습니다. 죽은 짐승에 대한 슬픔을 글로 쓰는 사람은 죽은 짐승에 관해 슬퍼하는 사람만이 아닙니다. 작품은 죽은 짐승에 관한 새로운 언어를 창조합니다. 작품 속에서 맹렬해지는 애도의 불능은 명랑하며 열광적이고 신성한 손짓으로서 인간의 무력한 멜랑콜리를 파괴하지요. 불타는 작품 속에서도 거기 섬세하게 조각된 불타는 원숭이는 자신이 보유한 동물적인 긍지를 잃어버리지 않는 법입니다. 자신을 모독하려는 세계에 철저하게 항복했기 때문에 이제는 그 누구도 불타는 원숭이를 모독하지 못할 무조건적인 긍지가 작품이 원숭이에게 부여했던 새로운 존엄이었던 거예요.

(2) 이해하려면 감독에 대한 애정과 관심이 요구되는 피곤한 부분들

사건은 습격하는 짐승입니다. 사건은 침입하는 짐승,

어슬렁거리는 짐승, 앓는 비애 속에서 숨을 꼴딱거리는 짐승이지요. 사건은 첫 낮잠의 평화 속에서 눈감는 짐승입니다. 사건은 도약하는 짐승, 숲을 유랑하며 달력 없는 하루를 게으르게 허비하는 짐승이지요. 사건은 서로를 오래 길들인 참된 우정의 권위 앞에서만 엎드려 복종하는 짐승이지만, 어떤 때는 신경질적으로 돌변해 다른 짐승의 목덜미를 물어뜯는 난폭한 짐승입니다. 절뚝거리며 비틀거리는 듯하다가도 철없이 숲을 헤매는 직립한 고기에게서 며칠 동안의 혹독한 굶주림을 타개할 방법을 발견하고 숨죽여 다가오는 짐승이지요. 그러므로 가장 정직한 의미란 짐승으로 변신하기를 갈망하는 인간입니다. 저는 어떻게 짐승과 동침할 수 있을까요?

　작품 속에서 인간은 짐승에게 잡아먹힐 가능성을 회복할 겁니다. 인간은 짐승 한 마리를 살찌우는 기름진 고기로서의 삶을 수락하거나 상기시킬 수 있을 거예요. 인간이 짐승을 그렇게 대하듯 평등하고 공정한 방식으로 말입니다. 저는 성스러움이란 고기의 차원에까지 퇴행한 인간에게서 비롯되는 극치의 숭고함이라고 생각하고 있어요. 인간은 언제나 기꺼이 짐승과 동등해진 어떤 인간을, 제 육체를 잔인하며 금욕적인 비천함 속으로

내던져 다른 존재를 향해 먹이고 분유하던 순교자로서
의 고기를 섬겼던 것입니다. 그러므로 제 의미의 궁극적
인 형태란 박동하는 표범의 살가죽에서 이지러진 채 헐
떡거리는 검은 무늬들일 수밖에 없습니다. 구애하는 공
작새의 화려한 날갯짓 속에서 창백한 불꽃처럼 솟아오
르는 분열된 눈동자일 수밖에 없어요. 제 의미의 궁극
적인 형태란 비워진 허공을 향해 제 엉덩이를 둥실둥실
흔드는 거세된 수캐의 향유, 밤낮으로 야옹거리는 암고
양이의 통통하게 부어오른 외음부에서 방울져 떨어지
는 핏방울일 수밖에 없습니다.

　중요한 사건은 반드시 삶 속에서 한 번 이상 다시 반
복됩니다. 작품 또한 새로운 반복을 창조해 사건을 구원
하는 작업이지요. 인간은 반복할 때마다 사건 속에 태
엽처럼 휘감겨 있던 진정한 의미가 풀려나오길 소망합
니다. 그러나 대개 인간이 할 수 있는 일은 벌어진 사건
앞에서의 입장과 선택을 정하는 일일 따름이지요. 눈부
신 에피파니와 어두컴컴한 야만 속에서는 예리한 칼날
처럼 살갗을 베고 지나가는 침묵이 있을 뿐입니다. 이후
에는 돌이킬 수 없음에 대한 자각이 뒤따르지요. 시간
에 비가역적인 한계를 표시하는 이것 때문에 나는 손상

되었다. 나는 나를 복원하지 못하리라는 확정적인 통보를 받아든다. 내게 주어진 유일한 미래란 상흔을 스스로의 일부로 수용하면서 파괴된 것으로서의 삶으로 변화하는 일이다. 나는 다른 미래의 경우들을 빼앗기고 말았고, 그렇다고 이전으로 복귀하지 못할 것이니 파괴된 것으로서의 미래를 발명하기 위해 분투할 것이다.

젖은 이마를 관통하던 벼락이었던 것이 스스로의 정체성을 표시하는 벼락 모양의 흉터로 굳어질 것입니다. 그러나 작품은 파괴된 인간이 아니에요. 작품은 파괴된 인간을 잔등 위에 짊어지고 야산을 내려가는 짐승이지요. 혹은 작품은 파괴된 인간을 정신없이 포식하면서 전율하는 짐승입니다. 저는 짐승으로서 반복할 것이며 인간처럼 그러하지는 않을 것입니다.

인간의 현재란 자체로 과거로부터 물려받은 해결되지 못한 반복들이 우글거리며 되살아나 갈등하는 공간입니다. 거듭된 반복을 통해 사건의 의미가 박탈되는 일은 아주 흔합니다. 첫 번째는 고통스러운 비극이었던 게 두 번째는 촌극이나 희극이 되고, 세 번째부터는 슬랩스틱코미디 같은 우스꽝스러운 몸짓으로 변하니까요. 반대로 첫 번째에는 우스운 실수에 불과했던 게 두 번째는 부정할 수 없는 자신의 본성처럼 이해되고, 세 번째부터는 운명이나 신념처럼 생각되는 일도 흔하게 벌어지는 일이지요. 그렇다면 저는 어떤 반복을 결심하고 실행함으로써 다른 반복들에 대항해야 할까요.

*

그는 개방된 프렌차이즈 카페에 붙박힌 채 감독의 이야기를 듣고 있었다. 민망하고 지루하며 시간이 아까운 일이었다. 동침이나 반복 같은 단어를 발음할 때의 어이없는 비장함도 마찬가지로 그랬다. 작품이나 예술에 대한 말들은 그것이 지시하려는 대상이 결코 규정되지 못할 텅 빈 대상이기 때문에 과감하거나 애매모호한 비유로든 허접스러운 잠꼬대로든 말과 말 사이를 치장하면서 실컷 재잘거리기 좋은 주제가 된다. 그는 생각했다. 종일 떠들어도 뒤에 기술할 V섬의 예배당 부지처럼 여전히 비어 있다. 바닥 모를 공백에서 연료를 공급받는 말의 과잉은 공허하고 무한하며, 까마득한 심연 아래에 발굴할 가치가 있는 진실된 의미가 존재하는 건지, 끝없이 소용돌이치는 상대적 거짓과 상대적 진실의 가공할 순환으로부터 심연이 착각되는 건지는 영영 밝혀지지 않는다.

그가 지금껏 만났던 현명한 사람들은 진실된 의미나 상대성의 순환 따위에 개의치 않았다. 적당한 장소에서 입장과 선택을 정립한 뒤 생각을 정지했다. 입장과 선택, 사람들이 보통 믿음이라고 부르는 내재적인 토대. 대개는 상징적인 앎을 획득하기 용이한 절차를 통해 산출되는 것. 누군가에게는 충동이나 미신과 명확하게 구별되기 어려운 것. 도박사가 던지는 주사위와도 다르지 않은 입장과 선택에 편승해 승리하거나 패배하기를 기다릴 수밖에 없는 것. 그러나 무언가를 깨닫고 나면 잠시 뒤 깨달음의 머리채를 쥐고 흔드는 망설임이 따라오는 법이다. 과거에 대한 관점과 미래를 향한 픽션을 공들여 완성해 마침표를 찍는 순간 이러한 믿음을 부수어 재구성하라는 현재의 명령이 도래한다. 때문에 수면에 떠워진 연잎 위를 걷는 것처럼 아슬아슬한 현재가 그에게 마지막으로 주어지는 과거와 미래일 수밖에. 그는 손가락이 없는 시간을 상대로 시도하는 약속의 몸짓일 수밖에.

그는 고개를 끄덕이며 감독의 말에 동감하는 척을 했

다. 수고롭게 자신을 찾아온 독자에 대한 배려? 그보다
는 그의 소설 속에서나 등장하는 기묘한 광인들의 발화
를 시늉하는 것만 같은 어떤 소중한 독자를 실망시키지
않으려는 그 나름의 비겁하고 옹졸한 처신이었다. 그러
나 감독은 그의 고갯짓에서 내밀한 공모의 뉘앙스를 전
달받고 있는 듯했다. 그는 다시 만날 일이 없다고 생각
했으니 구태여 감독의 오해를 교정하지 않았다. 감독의
제안도 핑계를 대고 거절할 생각이었다. 감독이 그에게
지불할 사례비에 관해 언급하기 전까지는 말이다.

　시간이 지나서야 그는 감독이 그의 소설을 읽지 않았
다는 사실을 깨닫게 되었다. 언급하는 디테일이 매번 틀
렸고, 감독이 이야기하는 그의 소설에 대한 감상들 또한
출판사에서 온라인 서점에 제공한 서평을 무분별하게
짜깁기했다는 의혹이 항상 남았다. 감독은 그의 소설이
아니라 그가 소설가라는 사실에 관심이 있었다. 그의 자
격지심에 따르면 감독 또한 자신의 갑작스러운 섭외에
얼마든지 응할 수 있는 변변찮은 작가를 물색하고 있었
는지도. 이날의 만남을 회상하면 으레 창피함 때문에 두
피가 근질거릴 정도였고, 감독의 허튼소리가 진정으로
흥미롭다는 것처럼 그윽한 미소를 짓고 있는 자신의

모습이 머릿속에 또렷하게 각인되었다. 못난 놈의 초
상처럼.

　어느 날엔가 감독은 그를 자신의 페르소나라고 불렀
다. 한 귀로 흘리려고 해도 불현듯 기분이 나빠지는 농
담이었다. 페르소나는 가면이라는 뜻으로 알고 있는데
그는 감독의 가면인가. 그렇다면 그의 내면은 감독인
가. 그가 감독의 카메라 앞에서 납득할 수 없는 몸짓을
수행할 때 그의 내면은 그가 인식하지 못하는 어떤 낯
선 의지로 충만하다는 말인가. 모니터링을 할 때마다 영
상 속에 출현한 못난 놈의 초상 위로 불길하고 꺼림칙
한 유령의 그림자가 아른거리는 듯했다. 망상일 것이다.
그는 감독의 생각을 전혀 이해할 수 없었으니 그는 자
신의 내면을 깡그리 분실하거나 자아가 소멸된 채 영상
속을 얼떨떨하게 부유하는 귀신 들린 사물에 불과할 것
이다. 냄비와 접시가 허공을 가르며 날아다니지만 사물
들을 조종하는 사악한 유령의 정체는 포착되지 않는다.
감독의 의지를 향해 사물화된 자신을 잠시 동안 빌려주
어도 괜찮을 것이다. 그를 이끄는 유령의 의지 따위는
몰라도 괜찮을 것이다.

　그는 감독이 경제적으로 궁핍한 사정이리라 넘겨짚

고 있었지만 실제로 감독은 꽤 부유한 사람일 수도 있었다. 그가 두세 달 동안 낑낑거리며 써서 발표한 단편소설의 원고료에 두세 배가 넘는 사례비를 지불했던 점도 그랬지만 짊어진 배낭이나 겉으로는 허름하게만 보이는 야상의 브랜드가 범상치 않았기 때문이다. 이때 그는 감독에게서 미묘한 배신감을 느꼈고, 이 배신감의 정체란 그가 지금껏 감독에게 동질감을 느끼고 있었다는 사실을 의미했다. 이른바 제 사비를 몽땅 털어 사적인 영화 한 편을 제작하고 영화제에 출품한 다음 장렬하게 탈락하는 사람에 대한 동질감.

　그는 감독의 이야기에 진지한 방식으로 귀를 기울이지는 않았다. 스스로의 무성의함을 의식할 때면 들리지 않는 이야기에 열렬하게 몰두하는 감독의 모습이 살짝 쓸쓸하게 여겨질 때가 있었는데, 이 또한 그가 은연중 감독의 처지를 소설가로서의 자신과 동일시했기 때문일 것이다. 하얗게 회칠한 벽 앞에서 목이 터지도록 고함을 치고 있는 것 같은 기분. 하얀 벽에는 주먹을 쥔 채로 부들거리는 그 자신의 그림자만이 길고 선명하게 드리워진다.

　처음에는 자신의 목소리가 하얗고 단단한 벽을 무너

뜨릴 수 있으리라 기대하지만, 나중에는 하얗고 단단한 벽 너머에 존재할 누군가에게 자신의 목소리가 닿는지에 대해서도 확신할 수 없게 된다. 사람들은 이미 하얀 벽 너머를 떠났는지도 모른다. 하얀 벽 너머에는 황량한 돌무더기의 사막이 펼쳐져 있을지도 모르고, 설령 모두가 가버리지는 않았더라도 그의 목소리 자체가 그들의 귓전을 느슨하게 비껴가는 일상적인 소음이 되었는지도 모른다. 지금껏 그와 동행했던 유일한 존재란 그의 몸짓을 따라 천진하게 움직이던 하얀 벽 위의 그림자였다는 사실이 밝혀진다. 처음에는 하얀 벽 너머의 상상적인 대상들이 훨씬 구체적이었지만, 나중에는 그의 삶을 분명하게 반영하며 움직이는 그림자들만이 그가 자신의 마음을 진솔하게 털어놓았던 구체적인 대상이었음을 깨닫게 된다. 그림자를 위해 무엇을 해야만 할까. 이제부터는 어떤 몸짓이 가능할까? 그는 그림자에게 선물일 수 있는 삶을 연습하고, 매번 자신의 그림자를 단순하게 돌려받게 된다는 사실에 만족할 것이다. 양팔로 커다랗고 무기력한, 감격스러운 동그라미를 그리며 그림자의 몸짓에 동의할 것이다. 그는 생각했다.

—

2

덧창에서 쳐들어오는 햇볕이 강렬해졌다. 정오를 막 지난 시각이었다. 그는 무심코 리모컨을 집어 텔레비전을 켰다. 방금까지도 잘 작동하던 리모컨이 고장이었다. 버튼을 눌러도 채널을 바꿀 수 없었던 것이다. 그는 욕실로 향했다. 의식을 일깨울 겸 세수를 할 생각이었다. 객실이 청소되지 않은 모양인지 방바닥으로 까슬까슬한 모래가 밟혔다. 욕실의 상황도 마찬가지였다. 사이마다 물때가 끼어 있는 바닥의 타일이 시허연 빛깔로 말라붙었고, 세면대 옆의 아크릴 받침대에 놓인 비누 또한 누리끼리하고 앙상해 보였다. 거울 표면에는 비눗물이 튄 자국으로 추정되는 물방울 모양의 얼룩이 점점이 묻어 있었다. 찬물로 세수를 한 뒤 물기가 뚝뚝 흘러내리는 얼굴로 거울을 바라보니 거울 표면을 반분하는 가느다란 균열이 보였다. 그의 얼굴 또한 실금처럼 얇은 균열에 의해 미세하게 어긋나 있었다.

그가 세수를 하는 동안 텔레비전에서는 V섬을 찍은 영상이 실시간으로 방영되었다. 그가 아직 영상의 기이함을 자각하지는 못한 상태였다. 카메라가 공중에서 V섬을 부감한다. 아래로 V섬의 지형이 한눈에 들여다보인다. 카메라의 무빙을 고려하면 시선은 공중을 선회하는 드론이나 헬리콥터에 매달려 있는 듯하다. 광활한 납빛 바다 위로 덩그러니 솟아오른 V섬은 가공되지 않은 원석처럼 울퉁불퉁하며 짙은 녹색을 띠는 바위섬이다. 카메라가 활강하면서 V섬의 야산이나 마을의 윤곽이 도드라진다. 거울에 비친 그의 젖은 얼굴에도 희끄무레하게 이어지는 얼룩의 군도群島가 있었다. 그는 손바닥으로 얼룩을 훔쳤으나 오래된 얼룩인지 표면이 말끔해지지는 않았다. 그는 괜스레 얼굴 근육을 찡그리며 침울하거나 기뻐하는 것 같은 몇몇 표정을 연습했다.

이전에 영화를 찍을 때면 감독은 그에게 형편없는 솜씨로 낙서한 콘티를 들이밀었다. 이번에는 달랐고, 감독이 건넨 동그랗게 말린 지도에는 V섬의 지형이 지도 전용 부호들을 통해 꽤나 상세하게 묘사되어 있었다. 붉은 사인펜으로 그린 꼬불꼬불한 선분 하나가 지도 안쪽을 방황했다. 겉보기에는 어떤 규칙성도 발견할 수 없어 손이 가는 대로 아무렇게나 사인펜을 칠한 흔적처럼 보였다.

　감독의 말에 따르면 이 붉은 선분이란 배우로서의 그가 V섬에서 되밟아 따라갈 산책로이기도 했다. 이번 영화에서 그는 감독이 지도에 표시한 경로를 그대로 재현하며 V섬을 돌아다닐 예정이었다. 붉은 선분은 V섬 남쪽의 해변에서 출발해 야산의 능선을 갈지자로 표류하다 방향을 상실했는지 털실 뭉치처럼 속수무책으로 뒤얽히기 시작했다. 감독은 포격 사건이 있었던 그날의 어슴푸레한 기억을 복원하기 위해 최면 치료의 힘까지를 빌렸다고 말했다. 상기된 얼굴이었다. 의식 속에서 되살아난 그날과 직면하는 일이 괴롭고 험난했지만 어쨌든 영화를 촬영하기 위한 기억의 공백을 메울 수 있었다고 말했다. 붉은 선분은 포격 사건이 일어난 직후 감독의 동선을 재구성했다.

　불타는 숲이었어요. 감독이 말했다. 야산을 한달음에 넘어가야 하는데 독한 연기와 덩실거리는 불길이 저를 가로막았어요. 매워서 우는 건지 억울해서 우는 건지 몰랐습니다.

V섬은 상공을 자유롭게 유영하는 카메라에 의해 지도 속에서는 누락되었던 사실적인 깊이를 보충한 채 다시 나타난다. V섬은 부두가 위치한 활 모양의 서쪽 해안에서 동쪽으로 향하며 점차 완만한 경사로 높아지는 지형이다. 부두에는 낡은 어선들이 조밀하게 붙어 물결에 살랑거린다. 식당 두엇과 구멍가게가 퇴락한 간판을 내걸었고, 부두에서 야산 언저리까지 점차 상승하는 콘크리트 비탈 주위로 너절한 하늘색인 민가의 지붕들이 모여 있다. 헝클어진 갈림길들이 지붕과 지붕 사이를 지나다니며 마을을 구획한다. 아지랑이로 시야가 이글거린다. 카메라는 잠시 같은 자리에 멎어 마을 회관 방향으로 뒷짐을 지고 길을 걷는 노인들을 향해 한눈을 팔고 있다.

마을 회관으로 추정되는 건물은 붉은 양옥집이다. 마을 회관 왼쪽으로 아직 공사가 끝나지 않은 듯 청록색 가림막에 둘러싸인 예배당 건물이 있다. 예배당은 마을의 허름한 다른 건물들에 비하면 비현실적으로 느껴질 정도로 새하얗고 깨끗하다. 주변의 부지에도 흑백의 네모 반듯한 포석들이 정갈하게 박혀 있는 안뜰이 조성되었다. 팔을 활짝 펼친 순백의 성상들은 마을 사람들을 환대할 준비를 이미 마친 것처럼 보인다. 지상에서는 입면이 천막에 가려져 보이지 않겠으나 부감 시점에서는 예배당의 건축이 마무리되어 곧 사람들에게 공개될 예정이라는 사실을 어렵지 않게 짐작할 수 있다. 대부분의 주민이 어업에 종사하는 V섬에 전답은 없고, 배추나 고추를 키우는 채마밭들이 간격을 두고 정돈되지 않은 채 널브러져 있다.

야산은 울창하다시피 빽빽한 수림이다. 수림 사이로 희미하게 엿보이는 등산로는 길이 아니라 사람들이 다녀 자연스레 다져진 비좁은 틈새에 불과하다. 야산의 중턱에서 왼편으로 갈라지는 등산로를 따라가면 해병들이 거주하는 컨테이너 병영이 나온다. 소총과 철모로 무장한 해병 두엇이 위병소에서 하품을 하며 꺼부정하게 보초를 서고 있는 위병소 안쪽으로 잡초와 갈대가 무성하게 우거진다. 영내에 덤벨과 철봉 같은 기본적인 운동기구가 비치되었다. 영내는 야외로부터 격리된 채 일반인의 출입을 불허하는 장소이지만 철책 너머와 구분될 비밀스러운 특징을 갖고 있지는 않다. 덤불과 야생화들은 철책에 개의치 않고 볕과 바람에 호응하는 제 굴성을 따라 노래하듯 원하는 방향으로 자라난다. 가장 기다란 컨테이너가 생활관이며, 탄약고 오른편의 낭떠러지에 면한 다른 컨테이너는 적외선 카메라로 밤새 해안을 순찰하는 감시 시설로 이용된다. 늦은 새벽이면 건강한 해병들도 흑백의 음영이 불분명하게 아른거리는 모니터 앞에서 밀려드는 졸음으로 혼이 빠진 표정을 짓고 있을 것이다. 예초기를 들고 밀짚모자를 쓴 깡마른 해병한 명이 영내에 창궐한 여름과 덧없는 사투를 벌이는 모습이 점차 멀어지고, 수림은 정상에 가까워지면서 거무스름하고 척박한 암석 지대로 변한다.

　V섬의 동쪽 해안은 기암괴석이 적층된 암벽이다. 새하얀 포말이 암초들 사이로 굽이쳐 부서지는 광경이나 시원스레 내다보이는 수평선의 경관이 수려하고 아름답다. 이곳은 새를 사랑하는 탐조자들을 끌어당긴다. 머리가 희끗희끗하거나 잿빛이고, 꽁지깃이 형광색이나 노란색인 다양한 새들이 물살이 드나드는 바위 해안에 떼로 모여 스스로를 자랑스러워하듯 가슴을 활짝 열어젖힌 채로 까옥거리거나 푸드덕거린다. 매년 여름이면 V섬을 방문하는 나그네새들이다. 개중에는 V섬에서만 목격되는 희귀한 새들도 물론 있다. 수백 킬로미터를 비

행하는 나그네새들이 여러 세대에 걸쳐 행려를 정비할 장소로 어째서 이 작은 섬의 좁다란 바위 해안을 선택했는지를 생각하면 새삼스레 신비한 기분이 든다.

　그때 카메라가 새들 쪽으로 강하한다. 프레임이 세차게 비틀거린다. 카메라 자체가 새들을 향해 돌진하는 것처럼, 말하자면 절벽 아래로 투신하는 것처럼 격렬하게 요동친다. 지상에 가까워질수록 나그네새들이 커다랗게 확대된다. 다행히도 카메라는 암초 위로 제 꽁지깃을 방석 삼아 깔고 앉은 나그네새들 곁에 부드럽게 안착한 듯하다. 나그네새들 또한 놀라 달아나거나 카메라를 배척하지 않는다. 카메라는 깃털을 부르르 털거나 햇볕에 몸을 말리는 나그네새들을 근접한 거리에서 바라본다. 탐조자들의 입장에서는 숨이 막힐 정도로 황홀한 광경일지도 모른다. 나그네새들은 바다 건너에서 부는 순조로운 해풍을 맞으며 달관한 것처럼 나른한 표정을 짓고 있다.

*

　그는 객실로 돌아왔다. 텔레비전 속의 영상은 여전히

V 섬을 조망하고 있었으나 그는 그 영상을 평범한 자연 다큐멘터리로 착각한 채였다. 수건이 보이지 않아 입고 있던 티셔츠의 밑단을 들춰 얼굴의 물기를 닦았다. 배낭에서 V 섬의 지도를 꺼냈다. 불길이 번지고 매캐한 연기가 자욱하게 피어났을 지표 없는 야산에서 감독은 어떻게 길을 찾아냈던 걸까.

이번 영화는 감독과 찍은 이전의 영화들에 비해 힘겨운 촬영이 되리라는 생각이 들었다. 길도 제대로 갖춰지지 않은 야산에서, 혼비백산한 채 널름거리는 불길 속을 뛰어다니던 기억의 유령을 추적해야 했던 것이다. 이때 기억의 유령이란 어린 시절의 감독을 뜻했다. 감독의 영화가 감독의 사적인 체험을 반영하고 있다면, 이번 영화는 감독에게 이전의 영화들과 비교되지 않을 정도로 중요한, 많이들 하는 표현으로 기억의 핵심에 다다르는 여정일 수밖에 없겠다는 생각이 들었다.

지도 속의 야산을 정신없이 방황하던 기억의 유령이 마침내 다다른 장소는 마을의 예배당이었다. 촬영이 시작되고, 감독은 그의 곁에서 카메라를 들고 따라오면서 그가 잘못된 방향으로 향하지 않도록, 다시 말해 포격사건 당시의 아연한 공포 속을 정확하게 헤맬 수 있도

록 길을 안내할 예정이었다. 그러나 지도만 봐서는 기억
의 유령이 지나쳤던 궤적을 능숙하게 되밟을 자신이 없
었다. 지도는 특정한 목적지로 향하는 일에는 도움이 되
지만 도무지 목적지로 향하지 못하는 삐뚤빼뚤한 우회
로와 교란된 모퉁이들을 위해서라면 어떤가. 그가 도달
해야만 하는 목적지 자체가 삐뚤빼뚤한 우회로와 교란
된 모퉁이들 자체라면 말이다.

　그때 카메라가 상공으로 다시금 날아올랐다. 그는 고
도가 상승하며 드러나는 텔레비전 속의 섬의 모습이 손
에 들고 있던 V섬의 지도와 일치한다는 사실을 깨달았
다. 기이한 일이었다. 텔레비전이 그에게 V섬의 지형을
친절하게 소개하고 있는 듯했다. 그는 지도와 텔레비전
을 번갈아 곁눈질했다. 그러나 활공하는 시선 속에서도
그가 감독의 행로를 복기할 V섬의 야산은 촘촘한 잎사
귀들을 어루만지는 산들바람에 의해 파르르 경련하는
추상적인 녹지의 장막에 불과했으며, V섬 전체가 암벽
에 의해 가장자리를 좀먹힌 커다란 브로콜리처럼 보일
따름이었다.

　최면 속에서 감독은 기억의 유령이 되어 불타는 야산
에 던져졌을 것이다. 혹은 감독은 과거와 현재로 이중화

된 채 타오르는 수림을 다급함과 초조함 속에서 통과하는 자신의 궤적을 추적하고자 했을 것이다. 현재의 감독이란 심연의 신호에 의해 조작되는 지진계의 바늘처럼, 혹은 지진계의 바늘이 종이에 출력하는 파형의 떨림처럼 과거의 혼란이 산출했던 무질서한 길들을 지도 위에 정밀하게 표시하려는 측량사였을 것이다. 생각이 여기까지 미치자 배후에서 그를 응시하는 어떤 잔인한 시선이 느껴졌고 뒷덜미가 서늘해졌다. 지도 속을 표류하는 붉은 선분이란 기억의 유령이 실제로 내달렸던 길이기도 하면서 기억의 유령을 미행했던 현재의 감독이 그곳에 직접 그려 넣은 길들이기도 했다. 붉은 선분 속에서 시간의 차원이 뒤섞여 있었다. 하나는 과거의 시간이, 다른 하나는 과거를 미행했던 감독의 시간이, 그리고 나머지 하나는 과거를 미행하는 자를 미행할 눈먼 타인으로서의 그의 시간이.

카메라가 나무 위에 착지한다. 어스름 속으로 조각난 햇볕이 틈입한다. 음영의 그물망은 공중에서 수런거리는 잎사귀들에 의해 연속적으로 달라진다. 장밋빛 토양에 흐드러진 잡풀들 사이로 창살처럼 두껍게 솟아오른 우직하고 단단한 기둥들이 먼저 눈에 들어온다. 이어 깡

충거리는 것만 같은 분산적인 섬광의 율동 속에서 낭창
낭창하게 기울어져 유연한 곡선으로 미끄러지는 덩굴
손들이 굵고 완고한 나무들의 수직선에 침투한다. 일시
적인 결합이 으깨어지고 다시 조직되면서 국면의 미미
한 동요를 끈질기게 발생시킨다. 화면에 나타난 야산의
모습은 언어를 통해서는 분명하게 묘사하는 일이 불가
능한 시각적인 수수께끼다. 언어의 퍼즐을 통해 술렁이
는 물결의 경계 없는 흐름을 복원하거나 조립할 수 있
다고 믿는 일이 터무니없듯이, 천 개의 잎사귀를 순식간
에 들추는 매서운 돌풍이 천 개의 조각으로 구성된 퍼
즐을 부수는 폭력으로 이해될 수 없듯이. 잎사귀나 물
결이 그저 대기의 환경에 무구하게 감응하는 것이라면
언어의 한계가 시간의 흐름에 감응하면서 꿈꿀 수 있는
서술의 방식은 무엇일까? 언어의 물성이 딱딱한 조각인
척하다가도 입김에 가벼이 나풀거리는 깃털이나 물속
으로 사라지는 물 한 방울 같은 것이라면 말이다.

　언어가 착란하는 구체성이나 정밀한 지도 또한 대개
는 시각적인 수수께끼다. 묘사는 실체에 도달하지 못한
채 실체 직전에서 짜부라진 도형처럼 휘어져 동요하는
환영을 생산하며, 읽는 사람들의 상상력을 향해 분배되

는 모호한 표류의 가이드라인을 조직할 뿐이다. 나무 아래로 반쯤 뼈가 발린 고라니 한 마리의 사체가 썩고 있다. 숲파리들이 동일하고 폐쇄적인 궤적을 그리며 고라니의 사체 주위를 비행한다. 동일하고 폐쇄적인 궤적 속에서 숲파리들의 산란이 일어난다. 화면에서는 식별되지 않으나 고라니의 살점은 구더기들이 끓고 있는 끈적끈적한 점액질의 아교가 되었을 것이다. 고라니는 밀렵꾼의 덫에 다리가 찍힌 듯하다. 차츰 상처가 덧나고 굶주린 채로 목숨을 잃었을 것이다. 카메라가 고라니의 사체를 향해 조리개를 당긴다.

　이내 카메라가 세차게 덜그럭거린다. 균형을 잃은 카메라가 나무 아래로 곤두박질한다. 카메라는 지면에 처박혀 하늘을 바라본다. 공중의 잎사귀들 속에서 하늘의 푸른 파편들이 아스라하게 일렁거린다. 컴컴한 그림자가 카메라 안쪽으로 끼얹어진다. V섬을 내려다보던 카메라는 지금 바닥으로 추락해 카메라를 내려다보는 낯선 남자의 시선 속에 있다. 그는 텔레비전을 통해 역광으로 인해 거무스름하게 물든 낯선 남자를 바라보았다. 남자는 주머니가 달린 베이지색 조끼에 벙거지를 쓰고 있다. 카메라를 향해 발사한 것으로 추정되는 사냥용 라

이플이 남자의 어깻죽지로 올리브색 끈에 매달려 달랑
거린다. 텔레비전에서 소리는 나오지 않으나 오물거리
는 남자의 입 모양으로 남자가 무슨 말을 하고 있는지
추측할 수는 있다. 이게 뭐야. 씨발. 텔레비전 화면이 암
전된다.

　순간 그는 소름이 돋아나는 것을 느끼며 텔레비전에
서 네모난 창밖으로 시선을 옮겼다. 객실 창문과 같은
높이에서 나그네새 한 마리가 날개를 느리게 철썩거리
며 그를 응시했다. 날갯짓이 이상했는데, 대기를 박차며
힘차게 도약하는 새들의 날갯짓과 비교했을 때 그 나그
네새의 날갯짓은 왼쪽으로 꺾이거나 오른쪽으로 비틀
릴 따름일 사물의 부자연스러운 움직임을 연상시켰다.
깃털로 수북한 플라스틱 관절을 기운 없이, 그러나 일정
한 속도로 휘두르고 있는 것만 같았다. 그는 나그네새의
미간에 박힌 오목한 물방울 모양의 렌즈를 발견했다. 잠
시 후 그는 이 나그네새를 허공에 지탱하는 동력이 펄
럭이는 날개가 아니라 등줄기와 가슴에서 세 방향으로
갈라져 회전하는 프로펠러에서 나온다는 사실을 깨닫
게 되었다. 그는 창밖에서 자신을 뚫어져라 관찰하는 나
그네새의 시선 속에서 주저하듯 세 발짝 물러섰다. 암전

되었던 텔레비전 화면이 다시 밝아졌다. 그는 텔레비전 쪽으로 고개를 돌렸다. 화면 안에서는 환한 채광에 탈색된, 새하얀 빛의 곤죽으로 찌그러진 그의 옆모습이 텔레비전 속의 자신을 바라보고 있었다.

*

그는 대문을 열고 밖으로 나왔다. 공중에서 나그네새들이 날개를 펄럭이면서도 정지 비행을 하듯 무미건조한 부동성 속에서 그를 주시했다. 자신도 모르는 사이에 객실에서 잠들어 한낮의 백일몽 속에 잠겨 있는 것인지도 몰랐다. 현관을 넘자마자 흐느끼는 소리가 들렸다. 오른편에 있는 객실에서 흘러나오는 소리였다. 문틈이 반쯤 열려 있었다. 무채색으로 꺼진 텔레비전 앞에서 개구리복을 입은 남자가 게임용 컨트롤러처럼 보이는 네모난 물체를 양손에 그러쥔 채 망연자실하게 퍼더앉아 있었다. 얼굴이 불그죽죽했으며 격화되는 서러움을 이기지 못했다. 컨트롤러를 바닥에 내팽개치고 가슴을 텅텅 치며 울부짖었다. 이렇게 죽었을 거야, 이렇게!

무슨 사연일까? 그는 객실 안으로 들어가 개구리복

남자를 위로해야 할지 잠시 고민했다. 어림없는 생각이었다. 생면부지의 타인을 향한 연민이나 동정이 그가 저지를 가택침입을 정당화할 수 있을까? 이번에는 어이없는 생각인 것이 그는 이미 타인의 객실을 엿보는 사람이었기 때문이다. 별안간 그의 뒷주머니에 꽂아둔 휴대폰이 요란하게 울렸다. 객실 안을 염탐하는 그와 문밖을 쏘아보는 개구리복 남자의 시선이 문틈 사이에서 정면으로 충돌했다. 개구리복 남자는 그의 시선이 불쾌한 듯 한달음에 현관까지 다가와 대문을 닫았다. 둔탁한 소리와 함께 무안해진 그만이 객실 앞에 우두커니 남겨졌다.

　이번에는 왼편에 있는 객실의 문이 열렸다. 직전의 개구리복 남자처럼 얼룩덜룩한 개구리복을 입은 남자가 문밖으로 머리를 내밀었다. 같은 패거리일까? 개구리복은 녹색, 담갈색, 황갈색, 적갈색인 파형의 퍼즐을 조합해 겹쳐지지 않은 다양한 옷감의 패턴을 조직한다. 이러한 패턴의 세부와 차이는 동일한 제복으로서의 기능적인 인식을 통해 누락되고 쉽사리 구별되지 않으나, 만약 그 옷감의 무늬가 개구리복이 의태하려는 배경처럼 해방된 자연의 움직임으로 동요하기 시작한다면 경직된 군인들이 일렬로 도열한 연병장에서도 옷감의 디테일이 폭발하기 시작할 것이다.

　개별적인 개구리복의 패턴을 결정하는 요소는 제한된 수의 색과 형태를 조합하는 기계적인 우발성이다. 숲에 매복해 몸을 은닉한 병사는 개구리복이 위장하고 있는 다채롭게 교직된 자연의 장막 속으로 녹아내린다. 발각되지 않는다. 눈을 가늘게 뜨고 자신을 눈치채지 못한 표적을 향해 과묵하게 입을 다문 채 총구를 겨냥한다. 사격이 시작된다. 총성이 대기를 가른다. 명중한 표적의 가슴팍에서 새빨간 혈흔이, 빛바랜 무늬들 사이에서 피어나는 튤립 모양의 선명한 얼룩으로서 새로이 확장된다. 그 생생한 얼룩 또한 시간이 지나면 담갈색 파형으로 메말라 다른 무늬들과 분간되지 않을 것이다. 그는 텔레비전을 통해 자연의 중심에서 발사된 탄환에 맞아 추락한 카메라를 목격했던 터였다.

　개구리복 남자가 그를 향해 손을 뻗었다. 그는 전화를 먼저 받아야 할지 아니면 개구리복 남자와 먼저 악수를 해야 할지 잠시 망설였다. 개구리복 남자가 전화를 받아도 좋다는 듯 고개를 까딱거렸다. 이미 개구리복 남자의 손을 엉겁결에 움켜쥔 다음이었다. 세모야, 세모.

다리가 셋이라서 세모. 전화는 펜션 주인에게서 걸려왔
다. 다리가 넷일 때도 세모였지만 그때는 주둥이가 세모
라서 세모. 세모는 아마도 마당을 지키던 노란 개를 가
리키는 듯했다. 걔가 너를 잘 챙겨달라고 하더라. 세모
말고 네 친구 있잖니? 우리가 개한테 진 빛이 엄청 많거
든. 지금부터 조금씩 갚으려고 해. 식사를 대접하려고.
걔는 조금 늦지? 우리도 연락받았거든. 완공 기념식에
맞춰서 온다고 하던데. 우리가 오늘을 얼마나 기다렸는
지 몰라. 세모도 밥때가 됐어. 자기가 결정할 거야. 의족
인지 유아차인지. 세모와 함께 마을 회관으로 오라는 당
부를 마지막으로 펜션 주인과의 전화가 끊어졌다.

　작가님이 V섬으로 들어오실 때까지 일주일 동안 죽
치고 있었다고요. 만나서 반갑습니다. 펜션 주인에게서
바통을 인계받듯 개구리복 남자가 악수한 손을 거칠게
들썩이며 말을 이어갔다. 우리 회원님이 무례했죠. 원래
는 침착하고 상냥하신 분이셨는데. 제가 대신 사과할게
요. 지금 우리 회원님은 제정신이 아니세요. 무척이나
상심하셨을 텐데. 포수가 우리 회원님의 나그네새를 쏘
아 죽였잖아요. 보셨죠? 아무래도 이번 영화의 심부름
꾼은 이 개구리복 남자인 모양이었다.

저도 예전에는 상심에 취약한 사람이었어요. 비극의 조짐이 슬며시 제 살갗을 건드리기만 해도 어쩔 줄 몰라 동굴로 후퇴하는 사람. 그래도 적응할 수 있어요. 나쁜 냄새 속에서 가만히 웅크리고 있으면 콧속이 시큰해지고 스스로가 더러워지는 기분이 들어요. 나중에는 후각이 마비되고 이곳에서 나쁜 냄새가 나는 것도 알아차리지 못하게 되겠죠. 세상은 원래 이렇게 돼먹지 못한 곳이로구나. 나는 세상에 비하면 개미 한 마리만큼 작지. 개미는 묵묵히 자기가 할 일을 하는 법이지. 누구나 평생 동안 개미의 일상을 건사하다가 자신의 삶을 통째로 도둑맞는 법이지. 아무튼 모두가 그렇게 살아가는 법이니까 까불지 말고 얌전하게 있어. 이렇게 마음을 다스리지 않으면 참기가 어려워요.

객실 안쪽에서 절규하는 듯한 개구리복 남자의 목소리가 들렸다. 비치된 집기들을 내던지거나 걸어차는, 덜컹거리는 소리들이 뒤따랐다. 개구리복 남자는 분노와 슬픔을 표현하는 방법들 가운데 가장 손쉬운 방법을 선택한 모양이었다. 감정이 차분하게 가라앉은 훗날에는 자신이 파괴한 텔레비전과 문짝, 유리컵과 화장대를 변상하면서 저질러진 일들을 후회하거나 자책할 텐데. 뭐든지 그렇게 끝난다. 그러나 분노와 슬픔 속에서 인간은 모든 미련함을 천진하게 불사하면서 분노하거나 슬퍼한다. 밀폐된 객실 안으로 격렬해지는 개구리복 남자의 충동적인 손짓과 발길질 속에서, 이른바 무분별하게 허우적거리는 절망의 춤사위 속에서 정돈되었던 공간의 엔트로피가 속수무책으로 증가할 것이다. 무고한 제자리들이 바닥으로 엎질러진다. 각자의 장소에서 가지런했던 물건들이 망가진 폐품이나 너덜너덜한 잔해로 환원된다. 절망의 춤사위는 시간을 가속한다. 절망의 춤사위를 멈추지 못해 스스로를 죽음의 문턱까지 인도하는 사람도 있는 것처럼.

　별안간 몸집이 괴물 고릴라처럼 커다란 검은 짐승이 V섬을 짓밟고 버둥거리며 난동을 부리는 장면이 연상되었다. 하염없이 괴로워하며 목덜미를 쥐어뜯고 발을 구르는 검은 짐승에 의해 V섬은 신속하게 황폐화될 것이다. 절망의 춤사위는 폐허이자 무인도로 되돌아갈 먼 미래의 V섬을 앞당길 것이다. 무질서한 광란에 사로잡힌 검은 짐승의 몸부림 때문에 V섬의 해안과 마을은 운석이 충돌한 달의 표면 같은 특성 없는 발자국들로 뒤덮일 것이다. 아무도 V섬을 기념하지 않는다. 주민 대부분이 노인인 작은 마을들은 지금 이 순간에도 닥치는 대로 몰락하고 있으니까. 검은 짐승의 광기가 시끄럽고 경악스러운 데 비해 시간의 광기는 고요하지만 돌이킬 수 없는 것이다.

마당에 드러누워 있던 세모의 귓바퀴가 쫑긋해졌다. 개집 주위를 둘러보니 세모의 산책 용도로 보이는 유아차와 의족이 있었다. 의족은 길쭉하게 깎은 바닥의 접점에 야구공을 반으로 잘라 끼운 부목이었다. 등에 착용할 고무줄 밴드를 통해 세모의 왼쪽 다리에 고정되게끔 되어 있었다. 그는 의족을 집었다. 살며시 세모에게 다가갔다. 개구리복 남자는 미리 암기한 대본을 낭독하듯 수다스럽게 종알거리며 그를 따라왔다. 그는 개구리복 남자의 목소리에 집중하지 않았기 때문에 종종 말의 갈피가 유실되었다. 개구리복 남자는 자신이 감독에게 어떤 지시를 받았는지를 설명하려 했다.

저희는 탐조 동아리 회원들이에요. 새라면 환장하는 사람들이죠. 다른 뭔가에 환장하면 취직을 못하게 되잖아요. 돈을 벌려면 돈에 환장해야 하고요. 섹스를 하려면 섹스에 환장해야 한다던데. 입에 풀칠하기 위해서는 입에 풀칠하는 일에 환장하라. 그런데 저희에게 돈과 섹스는 별로예요.

그는 개구리복 남자의 말을 무시했다. 세모 앞에 쪼그리고 앉았다. 세모가 깡총거리며 그를 반겼다. 그는 일단 개인적인 기쁨을 만족시키기 위해 세모의 보드라운 배를 실컷 문지르고 간지럽혔다. 세모 또한 기분이 좋은지 딸꾹질을 하며 자지러졌다. 그는 예전부터 개의 배를 만지는 일을 좋아했다. 사람보다 약간 체온이 높은 개의 배는 항상 따뜻하다. 털이 수북한 잔등을 쓰다듬는 일도 매력적이지만 개의 배는 대개 민숭민숭해 갈빗대 안쪽에서 콩닥거리는 심장을 가깝게 느낄 수 있다. 그는 세모의 없는 다리에 의족을 채웠다. 바닥의 고리에 결속되어 있던 목줄을 들고 세모를 끌어당겼다.

아무튼 저희는 이런 모순을 쉽게 해결할 수 있었습니다. 돈과 섹스를 치열하게 혐오하기로 했고요. 돈과 섹스에 대한 무관심을 통해 넉넉하게 남아돌기 시작한 리비도를 오직 탐조 행위에 투자하기로 맹세한 사람들이 바로 저희니까요. 그게 불가능하다고 누가 단언할 수 있겠냐고요. 이제부터 마음 단단히 먹어. 조약돌 냠냠 맛있게 먹자. 쌈장을 바르면 뭐든지 그런대로 맛있다더라. 쌈장을 발라도 먹을 수 없는 건 먹을 수 없는 거던데. 치

아가 으깨어져서 피가 뚝뚝 떨어지던데. 그렇게 딴죽을
거는 회원들을 저희 동아리에서 영구적으로 제명시키
면서 저희가 공동으로 꿈꿨던 삶의 방식이 있거든요. 작
가님도 문학에 환장한 사람이라 취직을 못하고 있잖아
요. 내가 이렇게 궁상맞은 인간으로 전락한 이유는 다
문학 때문이야. 이런 종류의 생각을 떨쳐내지 못하면 거
기 귀속되는 인간의 머릿속이야말로 환멸의 제삿밥으
로 바쳐지는 법이거든요. 진정으로 사랑했던 대상을 향
한 사랑도 보존하기가 어려워지죠. 작가님이 실패한 이
유는 문학에 환장했기 때문이 아니라 취직에 환장하지
않았기 때문이고, 세상을 이렇게 만들고 도망친 자식을
반드시 잡아서 그 면상을 제대로 확인하는 게 돈과 섹
스에 환장하지 않은 사람들의 공통된 임무라는 거죠. 악
몽이 사랑하는 대상으로 전염되는 일을 단호하게 거절
해야 해요.

　매년 여름이면 V섬으로 왔어요. 깎아지른 절벽 아래
로 카메라를 설치하고 새들의 섭생을 관찰했죠. 새들이
놀라지 않게끔 보시다시피 이렇게 개구리복으로 위장
하고 있습니다. 군인처럼 보일 수도 있겠지만 저희는 소
총 대신 카메라를 들고 있어요. 저희는 나그네새들의 실

존을 사냥하는 것이 아니라 나그네새들의 아름다운 순
간과 되돌아오지 않을 이미지를 사냥하지요. 둘 다 사냥
이라는 사실은 동일하지만 저희의 사냥은 창공에 투명
한 무無의 그물을 던져 새들의 환영을 건져내는 사냥이
지요. 투명한 무의 그물이란 형체 없이 아른거리다 기민
하게 달아나는 시간의 환영들을 포획하고 수취할 뿐 형
체가 있는 것을 손상시키지 않아요. 새장에 가두려고 하
지도 않지요. 형체가 있는 것을 변화하는 그대로 내버려
두고 형체가 없는 것들만을 소유하기를 욕망하는 일이
바로 탐조자의 철칙이라고 할 수 있겠죠.

　세모가 힘차게 몸을 털었다. 그 바람에 장착된 의족
이 살짝 미끄러졌다. 고무줄을 팽팽하게 조이지 않은 듯
했다. 주저앉아 고무줄 밴드를 조정하려 했으나 이번에
는 세모가 말썽을 부렸다. 없는 무릎 아래쪽을 까딱거
리며 의족을 착용하는 일에 저항했는데, 표정은 천진난
만하게 애교를 부리고 있는 것 같았다. 개구리복 남자
가 뒤쪽에서 킬킬거렸다. 그는 의족을 개집에 기대어놓
은 뒤 유아차를 끌고 다시 세모 앞까지 왔다. 세모를 품
에 안고 번쩍 들어 유아차에 태웠다. 방석이 깔린 좌석
의 부피가 세모에게 알맞았다. 세모가 노란 주둥이를 비

죽 내밀었다. 쪽문을 열고 유아차를 밀며 펜션을 나설 때, 지금껏 미처 의식하지 못했던 풀벌레들의 울음소리가 화사한 공중을 진동시키며 그에게로 쏟아졌다. 날이 무더웠다.

*

나그네새 두 마리가 구름 한 점 없는 하늘에서 쏜살같이 텀블링을 넘었다. 허공으로 도약해 서로의 경로를 아슬아슬하게 넘나드는 묘기를 선보였다. 개구리복 남자처럼 가벼운 박수로 나그네새들의 곡예를 칭찬해도 좋았겠지만 그럴 기분이 아니었다. 마을 어디에도 사람의 모습은 코빼기도 보이지 않았다. 뙤약볕이 기승을 부렸다. 개구리복 남자는 소매를 걷거나 옷섶을 풀어헤치지도 않았다. 땀으로 흠뻑 젖어 몰골이 꾀죄죄했다. 세모 또한 뙤약볕이 녹록지 않은지 혀를 빼물고 침을 뚝뚝 흘리며 마을 이곳저곳을 구경했다. 그래도 표정이 해맑았다. 산책이 처음은 아니었을 텐데.

그래도 개들은 뭐든지 처음인 것처럼 행동한다. 매양 다니던 산책로도 처음인 것처럼 반가워하고, 인간이 잠시 동안 외출했다 귀가했을 때에도 팔짝거리고 꼬리를 흔들며 매 순간이 새로운 만남인 것처럼 인간을 축복한다. 반복은 개들의 흔쾌한 환희를 소진시키지 않는다. 개들은 반복을 지루함이나 타성적인 영역으로 고립시키지 않는 방법을 알고 있다. 인간만이 반복에서 지겹고 고된 형벌이나 퇴행적인 동일성을 발견하는지도 모르겠다. 식물들도 똑같다. 계절은 동일하게 순환하지만 식물들은 반복되었던 여름 앞에서 갓 태어난 것처럼 최선을 다해 파래지려고 한다. 일조량과 강수량를 통해 세계를 보살피는 환경적인 변화에 미적거리거나 비협조적인 태도를 보이지도 않는다. 그래서 식물은 가냘프고 피동적인 것처럼 보이지만 어떤 때는 놀라울 만큼 늠름해진다.

막돌로 쌓인 돌담이 어깨높이로 나지막했다. 그는 까치발을 들고 마당을 굽어보았다. 비닐 돗자리 위로 썰린 애호박이 쭈글쭈글하게 말라 있었다. 평상에 놓인 스테인리스 대야에는 바다에서 채집한 것만 같은 따개비들이 수북하게 쌓여 있었다. 잡스럽고 낙후된 마당이었다. 휘몰아치는 관목 덤불이 도보의 가장자리를 차지했다. 폐가가 되었는지 창문이 깨지고 지붕이 반파되거나 조각난 함석의 잔해들이 널려 있는 집도 있었다. 지키는 이 없는 구멍가게의 선반이 남루하게 비어 있었다. 그는 유아차의 바퀴가 콘크리트 바닥의 패인 홈에 걸리지 않도록 구덩이들을 요리조리 피하면서 걸었다. 매미의 울음소리였는데 쓰르르 물결치는 파도였고, 쏴아아 부서지는 파도였는데 매미의 울음소리였던 쟁쟁거리는 소음이 귓전으로 떠내려갔다.

저희를 스텝으로 고용하신 분이 감독님이에요. 개구리복 남자가 말했다. 저희가 여름마다 출사를 나왔던 장소가 운이 좋게도 감독님의 영화 속이었던 거죠. V섬 전체가 감독님이 찍는 영화의 촬영지이자 세트장이라고 할 수 있으니까요. 처음 감독님이 전화로 협조를 부탁했을 때는 무슨 궤변을 하시나 좀처럼 신용하지 못할 사람이라고 생각했지만 입금된 금액을 확인하고 감독님을 신뢰하게 되더라고요.

노동이라는 게 꼭 명확한 물체나 가시적인 결과를 생산하는 활동에만 국한되어 있는 건 아니죠. 실업자이자 낙오자로서 인생의 전망에 암운이 드리우는 것을 저지할 수가 없고 도무지 무언가를 시작할 의욕이 들지도 않아 어마어마한 부채로 적재된 앞날에 질식할 것 같은

기분을 느끼며 멍청하게 텔레비전이나 유튜브를 바라
보고 있는 것도 노동이에요. 누군가 저희의 잉여적인 시
간을 싹쓸이해 천문학적일 만큼의 돈을 벌어들이고 있
으니까요. 근심과 실망, 낙심, 불안, 그로 말미암은 자기
파괴적인 행동이나 주어진 시간을 막연하게 허비하는
일도 노동의 전도된 형태일 수밖에 없어요. 낙오자나 실
업자의 한스러움이나 체념, 복수심이나 열패감 또한 저
희가 속한 거대한 사회의 돈벌이에 체계적으로 기여하
고 있으니까요. 저희가 부패한 세상에 등을 돌리기로 굳
세게 마음먹은 채 허송세월할 때에도 저희가 숨을 쉬고
생활하는 시간 전부가 측량되고 환산되어 누군가의 주
머니로 빨려들고 있는데 그걸 탓할 수도 없어요. 그들이
영리하고 저희가 나약한 거겠죠. 나를 실컷 사용했으니
한 푼 정도만 적선할 수 있지 않겠니? 이렇게 요구할 수
도 없죠.

그리하여 저희의 모든 시간이 누군가를 위한 노동이
자 낙제하기 위한 시험들로 걸신들린 듯이 파먹힐 때
저희가 정말 결심하고 실천해야 할 노동은 점점 모욕적
인 것이 되고 있어요. 노동을 혐오하지 않고 배길 수 있
나요? 출근할 때마다 삶이 끝장난 기분이 드는데요. 인

력 사무소에서 제 이름이 불리기까지 노란 스펀지가 닭 털처럼 삐져나오는 소파에 앉아 대기할 때, 제가 그들의 일원임에도 불구하고, 말하자면 제가 저를 사무치게 혐오하듯이, 저나 그들의 삶이 구제 불능의 쓰레기 같은 인생으로 영락없이 끝장난 것처럼 느껴지는 것을 막을 수가 없는데 말이죠.

축약되지도 소설과 별 관련도 없는 와자지껄한 여담이 계속될 것 같으니 개구리복 남자의 중얼거림에서 핵심적인 소설적 정보로 기능하는 부분을 추려 요약해야하겠다. 개구리복 남자들은 그들이 체류하는 객실의 텔레비전 앞에 앉아 한 마리씩의 원격 나그네새를 운용한다고 했다. 원격 나그네새들은 V섬의 하늘을 날아다니며 감독의 카메라이자 탐조 장비로서의 역할을 수행한다. 감독님은 V섬의 모습을 가급적이면 온전하게 담아내고 싶다고 하셨어요. 개구리복 남자가 말했다.

저희의 비행은 진짜 나그네새들에 뒤지지 않아요. 나무 우듬지나 기암괴석 같은 꽤 난이도가 높은 장소에도 안전하게 착륙할 수 있다는 말입니다. 저희는 숙련된 파일럿이에요. 포말의 번뜩임 사이로 헤엄치는 은빛 물고기. 매일 공중에서 재빠르게 하강해 부리로 물고기를 덥석 낚아채는 정밀한 날갯짓을 훈련하면서 저희의 비행 솜씨가 비약적으로 향상되기 시작했지요. 이제는 까탈스레 텃세를 부리는 갈매기들의 횡포를 여유롭게 따돌리면서 허공을 산책할 수 있게 되었답니다. 무엇보다 인간임을 숨기고 나그네새들의 무리에 끼어들어 녀석들과 동행하고 우정을 교환할 수 있다는 사실이 황홀할 만큼 기쁜 일이죠. 인간이 간첩을 파견하는 이유는 상대를 감시하거나 정보를 빼돌리기 위해서잖아요. 저희가 원격 나그네새들을 파견하는 이유는 녀석들을 순수하게 사랑하기 때문이에요.

물론 녀석들도 바보가 아닌 이상 저희의 원격 나그네새를 진짜라고 믿지는 않겠지요. 진짜 나그네새들도 저희의 정성이 갸륵한 겁니다. 더 가까워지고 싶어서 변장했어. 너희처럼 석양이 물든 수평선으로 한꺼번에 비상해 커다란 V를 그리며 찢어지는 근사한 군무의 일원으로 참석할 수 있는 실질적인 기술과 능력을 연마할게. 우리는 너희 곁을 미숙하게 알짱거리는 간첩이야. 간첩을 만나면 신고하지 말고 눈을 감아줘요. 나그네새들도 속은 게 아니라 속아주는 연기를 하고 있다는 생각이 들어요. 저희를 그들의 무리에 대놓고 받아들일 수는 없으니 원격 나그네새라는 변명이 필요한 거겠죠. 사랑이 성사되기 어려우니 각종 핑계를 대서라도 함께하고 싶은 마음이겠죠.

V섬 도처를 날아다니는 나그네새들 속에 개구리복 남자들에 의해 작동하는 원격 나그네새들이 잠복하고 있다는 뜻이었다. V섬을 조망하는 일에 새의 시선만큼 적당한 수단은 없겠지만, 또한 조망은 단순히 새의 시선만이 아니라 소실점으로 정립된 공중에서 지상을 내려다보는 단일한 시선에 의해 파악되는 세계의 모습을 의미한다. 삼각대도 없이 V섬을 자유롭게 유랑하는 원격 나그네새들은 감독의 영화를 원근감이나 장면들 사이의 연결성이 뒤죽박죽인 파편들의 조각보로 만들 것이다. 그는 생각했다.

게다가 감독은 탐조자들의 존재나 원격 나그네새들에 관해 사전에 고지하지도 않았다. 개구리복 남자 또한 대본을 낭독하듯 되바라진 방백과 만담을 그치지 않고 있으니 감독은 그에게 골탕을 먹이려는 걸까? 그에게 골탕을 먹이려는 게 이번 영화에서 감독이 의도한 바일 수도 있었다. 그래도 상관없는 일이다. 그가 V섬에서 체험할 환상이란 그것이 아무리 신비롭거나 경악스럽더라도 모험일 수 없을 것이다. 그는 생각했다. 그것은 조악하고 우스꽝스러운 무대 장치들을 따라가는 무기력하고 따분한 노동에 불과할 것이다. 그는 얼토당토않은 환상들 사이를 가로지르다 사례비를 받고 V섬을 벗어날 것이다.

원격 나그네새가 진짜 나그네새들처럼 창공을 활달하게 날아다닌다고 치자. 개구리복 남자들은 어떤가. 원격 나그네새의 일인칭 시선을 출력하는 텔레비전 모니터를 바라보며 저마다의 컨트롤러를 조작하고 있는 사람들일 뿐이지 않은가. 개구리복 남자들의 비행이란 음침한 객실 안의 모니터가 송출하는 인공적인 광채에 결박된 비행이다. 개구리복 남자들은 원격 나그네새들을 통해 진짜 나그네새들과 친밀해진 기분을 느낀다. 원격 나그네새의 시선은 모니터 속의 환영이면서 모니터 바깥의 물리적인 현실이다. 감독은 원격 나그네새들을 통해 V섬의 가려진 장소들을 아울러 자신의 영화 속에 담아낼 수 있을 것이다. 능숙한 개구리복 남자들의 손길에 의해 허공으로 도약하는 원격 나그네새는 그가 올려다보는 공중에서 근사한 공중제비를 선보인다.

동시에 개구리복 남자들은 모니터 앞의 컨트롤러를

통해 원격 나그네새를 제어해야만 한다. 개구리복 남자들은 원격 나그네새의 역동적인 시선을 향유하면서도 그것이 가능해지는 공간적 간극인 모니터 앞을 벗어나지 못한다. 그들은 모니터에 탑승해 원격 나그네새와 연동된다. 개구리복 남자들은 진짜 나그네새들을 향한 교감과 매혹의 몸짓으로 정전기가 일어나는 모니터의 판판한 표면을 어루만질 것이다. 그는 상상했다. 모니터를 향해 목을 길게 구부리고 휘파람을 분다. 그렇게 모니터 속에 나타난 나그네새들의 지저귐이나 우짖음을 시늉할지도 모른다.

　원격 나그네새가 포수의 총탄에 맞아 지상으로 추락했다. 개구리복 남자가 그곳에 있었더라면 포수가 엽총을 발사하지 못하도록 소리쳐 말리거나 장치를 망가뜨린 포수를 흠씬 두들겨 패줄 수도 있었을 텐데. 이륙 장치가 손상되어 시시각각 낙하하는 화면 앞에서, 죽어가는 원격 나그네새를 되살리기 위해 개구리복 남자가 할 수 있는 일이라곤 다급하게 컨트롤러를 두들기며 무산되는 안간힘에 매진하는 일이 전부다. 철창에 감금된 짐승처럼 엉덩이를 들썩거리며 울부짖는 일. 개구리복 남자의 손아귀에는 모든 가능함을 가능케 했던 탐조 장치의 본래적인 불능이, 날갯죽지를 다쳐 부들거리는 새 한 마리 대신 딱딱하고 네모난 컨트롤러가 쥐어져 있을 따름이다. 원격 나그네새는 뒤틀린 프로펠러를 삐걱거리다 끝내 작동을 정지한다. 전파는 어두컴컴한 수렁 속으로 소실되고, 컨트롤러와 단절된 원격 나그네새는 개구리복 남자가 접근하지 못할 맹점의 심연으로 영원히 익사한다. 저희도 가만히 당하고만 있지는 않을 겁니다. 개구리복 남자가 말했다. 게임 속 캐릭터의 죽음에 흥분해 모니터와 키보드를 부수는 중학생과는 달라요. 듣고 있어요?

—

3

    V섬은 여행지나 관광지로 널리 알려진 섬은 아니었다. 육지에서는 정치적인 장소, 더 정확하게는 군사적인 분쟁이 발발했던 장소로 유명한 편이었다. 오래전 V섬이 뉴스에서 떠들썩하게 회자되었던 적이 있었다. 언론의 조명을 포함해 그때가 V섬에 가장 많은 외부인이 드나들던 시기였다. 국경 너머에서 발사된 포탄 두 발이 V섬 안쪽에 떨어졌다. 짙푸른 해무가 자욱하게 끼어 유난히 오싹하고 축축했던 저녁 무렵이었다.

    어린 감독은 육지의 중학교에 있는 기숙사에서 생활하다 여름방학을 맞이해 V섬으로 돌아와 있었다. 감독은 포격 사건 당시 자신을 휘감았던 신비롭고 희한한 암시들에 관해 자주 이야기했다. 그때가 마지막 귀향이었다. 중학교에 입학하기 반년 전 어린 감독을 키우던 할머니가 돌아가셨다. 어린 감독은 고아로 등록된 이후 국가로부터 생활 보조금을 지원받았고, 여름방학이 지난 다음엔 V섬을 떠나 육지에 있는 청소년 시설에서 성장했다고 했다.

감독의 할머니는 V섬에서 조그만 약방을 운영했다. 죽기 직전에는 귀가 먹고 정신도 성하지 못했다고. 단단한 약재들이 가득 담겼던 목재 캐비닛 안쪽으로는 자잘한 톱밥 가루를 닮은 약재 부스러기들이 일종의 유품으로서 분골처럼 소복하게 남아 있었다. 생전의 할머니와 어린 감독은 약방 안쪽에 딸린 쪽방에서 살았다. 실내에서 풍기던 텁텁하고 쓸쓸한 냄새가 벽지는 물론 그들이 입은 의복에도 고스란히 배어 있었다. 어린 감독이 방치된 약방으로 되돌아왔을 때, 그늘진 약방은 후덥지근한 여름이었음에도 습기가 전부 날아가 앙상해진 건조과처럼 서늘하게 메말라 있었다. 안쪽에서 조금씩 삭아갈 뿐, 갖가지 과육이 쉽게 상하는 여름의 열기나 종종 V섬을 침몰시킬 듯이 무람없이 퍼붓던 장마로부터 보호받는 공간이라는 인상이 있었다. 감독은 자신의 집이었음에도 불구하고 안쪽에 자리했던 기묘한 평형 상태를 깨트린 불청객이자 침입자가 되어 있었다.

*

어린 감독은 얼룩진 창문으로 뻗어 드는 유백색 햇살 속에서 처연하게 잠방이는 먼지들 사이를 통과해 쪽방으로 갔다. 기숙사에서 가져온 짐을 풀었다. 방치된 공간이란 누군가 그곳으로 입장하기 전까지는 그 나름대로의 견실한 균형을 이룩하고 있는지도 모르고, 약방에 조밀하게 들어찬 쏩쓸한 냄새가 서까래며 대들보를 파먹는 작은 악마들을 퇴치하며 빈 약방의 바삭바삭한 껍데기를 사수하고 있었는지도 모른다. 어린 감독은 생각했다. 짐을 정리한 어린 감독은 다시 카운터로 나갔다. 약재 캐비닛을 한 칸씩 뽑았다. 약재 부스러기들을 비닐봉지에 수거했다.

약재 캐비닛에 칸칸이 새겨진 글자들은 한문 수업을 열심히 들었음에도 해독할 수 없었다. 대신 어린 감독은 난해한 한자들 사이에서 그나마 쉬운 부수들의 뜻을 구분하고 알아볼 만큼의 지식을 육지의 중학교에서 배워 온 상태였다. 한자 속으로 빡빡하게 결집된 의미에 관하여. 망망대해에 닻을 내린 V섬처럼. V섬이 상형문자라면 그것을 완성시키기 위해 어떤 부수들을 수집해야 할까. 어린 감독은 제방 앞에서 약재 부스러기들을 담은 비닐봉지를 뒤집어 털었다. 포슬포슬한 약재 부스러기들이 바람에 흩어졌다.

감독의 할머니가 약재에 대한 지식을 습득했던 것은 감독이 태어나기 전부터 세상에 없었던 할아버지에게서였다. 그러나 할아버지가 죽은 다음에도 할머니는 약방의 영업을 중단하지 않았다. 할머니는 깡마른 수수깡이나 나무토막과 생김새가 닮은, 감독의 말에 따르면 죽은 사람의 검은 발가락이나 충치가 생긴 송곳니를 연상시키는 마른 약재들을 저울에 달아 꼼꼼하게 배합했다. 그것이 하루의 일과였다. 약재가 포장된 새하얀 종이 꾸러미들을 배탈이 나거나 몸살을 앓는 마을 사람들에게 배달했다. 잘 우려서 먹어요. 면역력에도 좋고 원기 회복에도 효험이 있으니까. 오래 사셔야죠. 사람은 일생 동안 잔병도 많고 엄살도 심하다. 어제는 관절염으로 무릎이 쑤시고 내일은 체기 때문에 얼굴이 새까매진다.

V섬에 의료 시설은 약방이 전부였다. 육지에 있는 병원에 다녀오기도 번거로웠던 터라 마을 사람들은 할머니의 약방에 찾아와 신체의 각종 다사다난한 증상들을 호소했다. 기구하며 불행한 사연들에 담긴 회한과 미움

의 응어리가 증상의 원인들 속으로 수다스럽게 뒤섞였
다. 할머니는 그들의 삶을 경청했다. 마을 사람들에게
민간 처방을 일러주는 것은 물론 지압을 하거나 간단한
수지침을 놓았다. 할머니는 감독을 다정하게 대하지는
않았다. 엄격하면서도 무덤덤한 편이었다. 쪼글쪼글한
입술을 굳게 다문 채 뭐든지 턱짓으로 시켰는데, 어린
감독은 읽히지 않는 한자들 사이에서 할머니의 턱짓
이 가리키는 약재를 한 움큼 집어 할머니에게 가져다
주었다.

　할머니는 약방 카운터 앞에 놓인 삼발이 의자에 꼿꼿
한 자세로 앉아 있었다. 골격이 수척했다. 숱이 많은 머
리카락을 가느다란 핀으로 찐빵처럼 둥글게 틀어 묶은
뒤통수가 왼쪽으로 미세하게 기울어졌다. 할머니는 그
때부터 서서히 몸의 중심을 가누지 못해 왼쪽으로만 치
우쳐져 고사한 나무처럼 아슬아슬한 모양으로 굳어질
것이었다. 나는 벽에 똥칠할 때까지 살아남을 거야. 너
를 키워야만 하니까. 할머니는 제게 그렇게 말했지요.
누구나 할머니의 수척한 모가지를 별로 힘을 주지 않고
도 쉽게 부러뜨릴 수 있을 것 같았어요. 제가 그런 잔인
한 상상에 빠졌던 이유가 있었지요.

생기 없이 오래 지속되는 것들을 생각해보세요. 강인하다고 말할 수는 없겠지만 그들이 자신을 내재적으로 지탱하면서 시간에 항변하는 최소한의 생명력이 고갈되지 않는 거죠. 아무리 길어내도 바닥을 드러내지 않는 우물물이 그런 이들의 참을성이나 인내심이라고 말할 수도 있겠지요. 할머니는 자신의 인내심이나 참을성을 자기 자신을 최소한으로 존속시킬 정도로만 아껴 사용하고 있었던 것 같아요. 아무튼 어떤 존재의 무궁무진한 깊이 자체이기도 한 참을성이나 인내심이 어떤 계기를 통해 한꺼번에 범람하는 순간을 상상할 수 있을 테고, 그러면 수동적이며 양순한 미덕이라고만 알려진 참을성이나 인내심이 어떤 방파제도 막아서지 못하는 어마어마한 광기를 억류하고 있었다는 사실을 깨닫게 되겠지요. 네 할머니는 벽에 똥칠할 때까지 살아남을 거다. 몸에 좋은 것을 아주 많이 먹으니까. 마을 사람들이 제게 그렇게 말했어요.

할머니는 약방 카운터에 보자기를 펼쳐놓은 채 거기 널브러진 작고 앙상한 짐승들의 모가지를 부러뜨렸다. 약재 캐비닛의 가장 아래쪽 서랍을 열면 바싹 말라붙어 흉물스럽게 변한 짐승들의 미라가 들어 있었다. 물기 없이 피폐하게 쪼그라진 두꺼비, 콩꼬투리처럼 홀쭉한 다람쥐와 달팽이의 사체, 박쥐의 것인지 곤충의 것인지 벌새의 것인지 가늠하기 어려운 파리한 날갯죽지가 서랍 안쪽으로 음산하게 뒤얽혀 있었다. 각각이 제 비명의 박제품일 작은 짐승들의 미라는 할머니의 앙상한 손길에 의해 곧 여러 조각의 육질과 보푸라기들로 분해되었다. 염장하거나 내장이 적출된 채, 세상을 향해 제 유한성을 분유하는 과정인 부패나 발효를 지연시켰기 때문인지, 그 미라들은 깡마른 피부 안쪽에 약용으로 추출할 동물적인 정념과 께름칙한 활력을 고스란히 응집하고 있는 것처럼 보였다. 누군가의 천연덕스러운 악취미가 이 낯설고 징그러운 모형들을 공들여 조각한 것이 틀림없었다.

한편 어린 감독에게 그 미라들은 소꿉놀이 용도로 쓰이는 다소 기괴한 장난감에 지나지 않았을지도 모른다. 어린 감독의 상상력에 의해 얼마든지 부활할 수 있는, 말할 수도 싸울 수도 사랑할 수도 있으며 어린 감독의 변덕스러운 기분에 따라 외로워하며 자신을 데리러 찾아올 누군가를 오매불망 기다리는 손아귀의 인형들. 할머니는 감독이 지어낸 이야기의 주연으로서 숲과 강을 한가롭게 뛰놀던 짐승들의 미라를 다른 약재들과 함께 탕약으로 달였다. 저도 그것들을 약탕기에 끓여 고아낸 비릿한 수프를 마셔야만 했지요. 감독이 말했다. 한 방울이라도 남기면 할머니의 질책과 꾸지람을 들어야만 하는 아주 귀한 수프였어요. 말간 암녹색을 띄고 있었고요. 구정물을 들이키는 것처럼 코를 막아도 역겨운 느낌이 가시지 않았지요.

할머니는 대접을 깨끗하게 비울 때까지 아무 데도 가지 못하게 했어요. 마시고 난 뒤에는 온몸이 뜨거웠지요. 어린 감독은 살갗에서 피어나는 열기를 진정시키기 위해 방파제 주위며 야산을 헐떡거리며 뛰어다녀야만 했다. 홧홧한 열기가 저를 주무르며 반죽했어요. 관자놀이가 두근거렸고, 작은 짐승들에 깃들어 있던 불순한 체액이 제 혈관을 비대하게 부풀리는 것만 같았지요. 꿈속에서 저는 제가 체액을 들이켰던 바로 그 짐승이 되어 있었어요. 귀뚜라미나 들쥐, 도롱뇽이나 방울뱀의 몸뚱이를 가진 인간이 되어 있었고, 귓속을 맴도는 윙윙거리는 신호에 의해, 환청과도 같이 또렷하게 들리는 비합리적인 경향의 외침에 경도된 채 짓눌린 연옥 속을 기어가는 원시적인 짐승처럼 미친 듯이 V섬 안쪽을 쏘다

니고 있었지요. 함부로 짐승들의 체액을 섭취한 대가를
치르고 있었던 거다. 꿈에서 깨어나면 으레 그런 생각이
들었지요. 그러나 꿈속에서 저는 제가 사람이었다는 사
실을 기억하지 못했어요. 제가 사람이 아니게 되었다는
자각도 거의 갖고 있지 않았지요.

*

    개구리복 남자와는 마을 회관 입구에서 헤어졌다. 그
는 현관에서 신발을 벗고 고무 장판을 밟으며 마을 회
관 안쪽으로 들어섰다. 현관의 바닥 타일에 뒤축이 구겨
진 낡은 신발들이 가지런했다. 그가 입장하는 바람에 신
발 몇몇이 까뒤집혔다. 그는 세모를 부둥켜안은 상태였
기에 허리를 수그려 신발들의 대오를 정돈할 수 없었다.
마을 사람들이 여러 개의 앉은뱅이 협탁 주변에 옹기종
기 모여앉아 있었다. 시선이 그에게로 집중되었다. 펜션
주인이 쏜살같이 일어나 그에게로 다가왔다. 그는 세모
를 노란 고무 장판 위에 내려놓았다. 세모가 마을 사람
들에게로 종종거리며 뛰어갔다.
    마을 사람들이 그를 환영하듯 일정한 리듬으로 박수

를 쳤다. 잠시 후 펜션 주인이 마을 사람들을 향해 그를 소개했다. 이분이 서울에서 오신 이사장님 친구예요. 다들 기억하지? 약방에 살던 꼬마. 몇몇 노인이 엄지를 치켜든 손을 허공에서 휘저었다. 그는 당혹스러웠다. 무선 마이크를 쥔 청년회장이 펜션 주인의 말을 되받았다. 일단 편하게 앉아 계시면 돼요. 마을 회의가 끝나면 식사 시간. 식사가 끝나면 부두에 이사장님이 도착하실 거고 마을 사람들을 다 데리고 예배당으로 가서 완공 기념식에 참석할 겁니다.

　오른편으로 외관이 사치스러운 목재 진열장이 놓여 있었다. 프레임의 테두리에 금박을 입힌 새끼줄 모양의 장식이 있었다. 자세히 살펴보니 새끼줄이 아니라 서로 다투는 이무기와 호랑이였다. 진열장 안쪽으로는 너절하게 그을려 박살이 난 포탄의 탄두가 전시되어 있었다. 포격 사건의 유물인 듯했다. 진열장 유리에 원격 나그네새들의 모습이 얼비쳤다. 맞은편 창틀에서 두 마리의 원격 나그네새가 마을 회관 안쪽을 은밀하게 촬영하는 중이었다. 그는 마을 사람들 사이에 엉거주춤하게 주저앉았다. 펜션 주인이 곁으로 다가와 속삭였다. 이사장님은 건강하시지? 걔가 어렸을 때 참 똑똑했는데. 자수성가

할 줄 알았어. 킥킥. 우리 섬의 자랑이야. 떠나서도 고향을 잊어버리지 않고 여러 가지를 도와주니 우리로서는 참 감사하지. 청년회장이 보드마카 뚜껑을 열고 마을 회의의 안건들을 화이트보드에 적었다. 그는 청년회장이 텔레비전에서 목격한 바로 그 포수라는 사실을 깨달았다. 땀으로 절은 초록색 캡에 땅꾼이라고 적혀 있었다.

(1) 고준경 씨네 암퇘지 '수아'가 참혹하게 살해된 건에 대하여

번들거리는 선홍색 콧구멍에서 나는 꿀꿀거리는 소리가 마을에 활기를 불어넣는다. 마을 사람들은 심심할 때면 고준경 씨의 외양간으로 놀러와 수아에게 튀밥이나 수박 껍질을 먹인다. 오늘 고준경 씨는 울상으로 나라를 잃어버린 것 같은 허탈한 표정을 짓고 있다. 몇 해 전에 수아를 육지에 있는 교배 공장에 맡겼다. 새끼를 치기 위해서였다. 교배 공장의 담당자가 수퇘지의 정액이 담긴 튜브를 좁다란 스톨 속에 웅크린 수아의 포궁으로 주입했다. 수아는 별다른 성과도 없이 고준경 씨의 외양간으로 되돌아왔다. 그것이 수아와 고준경 씨의 관계가 악화된 시발점이었다는 것이다.

아무래도 이 돼지는 불임인 것 같습니다. 교배 공장의 담당자가 말했다. 고준경 씨는 이러한 충격적인 소식에 굴하지 않았다. 이후로도 몇 차례 수아를 데리고 육지로 떠나 실력이 좋다고 알려진 여러 양돈 농가를 전전하고 다녔다. 수아는 암퇘지로서의 생산성과 번식 능력을 입증해야만 했다. 고준경 씨의 절박한 염원이 담긴 상륙 작전들이 수포로 돌아간 뒤 고준경 씨는 수아의 교배 과정을 손수 집도할 계획을 세웠다. 수퇘지의 동결 정액을 사들였고, 매일 발정을 인위적으로 유도하는 일을 포함한 돼지의 교배 과정 전반을 다룬 유튜브를 시청하며 수아의 난임을 극복하기 위한 프로젝트에 착수했다. 수아야, 네가 새끼를 잉태하지 못하면 결국 나는 너를 잡아먹을 수밖에 없어. 보드라운 수아의 등어리를 살살 어루만지며 고준경 씨는 수아에게서 탄생할 눈부신 생명들을 위해 기도했다.

수아 또한 고준경 씨의 간절한 마음에 응답했는지 어느 날부턴가 임신의 징후를 보이기 시작했다. 고준경 씨는 종일 싱글벙글이었다. 고준경 씨는 스스로의 감격스러움을 떠벌리는 과정에서 예사로 성경적인 비유를 사용했다. 젖과 꿀이 흐르는 우리 집 암퇘지. 가끔은 문학

적인 비유를 접목했다. 불모의 사막에서 파릇파릇한 새
싹이 돋아날 거야. 고준경 씨는 수아를 위한 보양식을
준비하는 한편 돈방을 증축해 살림이 늘어날 돼지 가족
의 미래를 도모하려 했다. 그러나 모든 이야기의 말단이
으레 그러하듯 이러한 고준경 씨의 기대감 또한 허망하
게 좌절될 수밖에 없었는데, 산달이 차도 수아가 해산할
기미를 보이지 않았던 것이다. 수아는 돈방에서 끙끙거
리며 식음을 전폐했다. 고준경 씨는 육지의 수의사에게
출장 진료를 의뢰했고, V섬에 방문한 수의사를 향해 꽤
부담스러운 금액의 진료비를 지불한 가운데 또다른 충
격적인 소식과 마주하게 되었다.

　수아의 임신은 가짜였다. 들큰한 젖과 달짝지근한 꿀
과 사막화된 몸뚱이에서 피어날 씩씩한 새싹은 고준경
씨의 헛꿈이었다는 사실이 밝혀졌다. 수의사는 스트레
스에 노출된 가축들 또한 간혹 상상적인 임신을 경험하
는데 그 과정에서 신체적인 예후를 드러내는 경우도 빈
번하다고 말했다. 고준경 씨는 크나큰 배신감과 함께 지
금껏 수아에게 기만당했다는 사실에 기인한 모멸감을
느꼈다. 그날 마을 사람들은 여전히 제 잉태의 망상을
실제라고 믿으며 돈방에 널브러진 수아를 매질하기 위

해 광분하며 날뛰는 고준경 씨를 말려야만 했다. 원래대로라면 수아는 오늘 있을 예배당 완공 기념식을 축하할 목적으로 도살되어 마을 사람들이 둘러앉은 식탁 위로 공양될 예정이었다.

엊그제 아침, 몽둥이를 치켜든 고준경 씨가 수아에게 작별 인사를 전하기 위해 돈방으로 나왔을 때 수아는 이미 숨진 채였다. 며칠 동안 식사를 거부해 비계의 수율이 줄어든 수아의 몸뚱이가 붉은 누더기처럼 훼손된 상태였다. 마치 짐승의 이빨에 물어뜯긴 듯했고, 몸통에는 습격 당시의 발톱 자국으로 추정되는 할퀸 상처가 선명했다. V섬에 수아를 이다지도 참혹하게 살해할 무서운 짐승이 존재한다는 말인가? 마을 사람들의 웅성거림 속에서 땅꾼 경력이 오래된 청년회장이 나섰다. V섬의 야산에 고라니와 산토끼 같은 온순한 짐승들이 살고 있긴 하지만 수아를 살해할 만큼의 위협적인 산짐승의 자취는 단 한 번도 발견하지 못했다고 공언했다. 그렇다면 누군가 수아를 해치고 그것을 산짐승의 소행으로 꾸며낸 것이라는 말인가? 공삼식 씨가 수아의 무덤에 나무로 된 팻말을 꽂았다. 고준경 씨의 똥내가 나던 불행한 암돼지가 여기 잠들다. 고준경 씨가 수아의 무덤 앞에서 뭔지 모를 참회의 눈물을 흘렸다는 이야기.

(2) 오호용 씨를 비롯한 환경미화원들의 용돈이 여러 해 동안 지급되지 않은 건에 대하여

파란색 형광 조끼를 착용한 이들. 낯빛이 타버린 식 빵처럼 새까맣다. 이들이 바로 V섬 남단의 해변을 관리 하는 환경미화원들이다. 국가에 의해 정식으로 고용된 환경미화원들은 아니다. V섬의 환경미화원이란 해변의 조경을 해치는 울퉁불퉁한 돌멩이나 게딱지, 갯강구의 사체나 조개껍데기 같은 자연적인 퇴적물을 포함해 육 지에서 실려와 V섬의 해변에 버려지는 폐비닐과 유리 병 같은 쓰레기를 줍고 마을로부터 용돈을 받는 이들을 통칭하는 이름이다. 포격 사건 전까지만 해도 어수선하 고 볼썽사납던 V섬의 해변은 지금 모래 입자가 곱고 지 대가 평탄한, 내리쬐는 햇볕에 의해 찬란하게 반짝거리 는 상상 속의 휴양지로 탈바꿈했다. 환경미화원들의 거 듭된 노고로 말미암은 일이었다.

살인적인 무더위 속에서 열사병으로 쓰러지는 일도 다반사지만 이제껏 오호용 씨를 비롯한 환경미화원들 은 V섬의 해변을 상상 속의 휴양지로 가꾸기 위한 노력을 게을리한 적이 없다. 그들은 자신들이 이룩한 상상 속의 휴양지에 자부심을 느낀다. 쓰레기를 줍는 그들의 집게는 녹슬었고, 집게가 녹스는 속도로 그들의 허리 또한 구부정해졌다. 노쇠한 그들의 말년은 V섬의 해변을 정비하는 일에 전적으로 헌납되고 있다.

오호용 씨는 말한다. 그간의 고단한 세월을 반추하니 융단처럼 부드러워 맨발로 종일 모래톱을 걸어도 발바닥이 다치지 않는 한여름의 낙원이 원망스럽고 야속할 따름이다. 이해하겠는가. 자신들이 직접 땀을 흘려 건설한 한여름의 낙원이 졸지에 그들의 노고를 희롱하는 공간으로 변모했다는 사실. 오호용 씨를 비롯한 환경미화원들은 억울함 때문에 가슴이 답답하고, 안개가 끼지 않은 날이면 수평선 너머로 장관을 이루는 수려한 일몰 따위가 괘씸하기까지 하다. 상상력이 풍부한 독자라면 공감할 수 있을 것이다. 자부심의 원천이었던 장소가 자신들에게 부과된 존재론적인 실수로 여겨지기 시작하는 것. 환경 미화를 그만두고 작업의 종결을 선언하면 만사가 편해지겠지만 으레 인간이란 존재론적인 실수를 깨닫고도 제 자부심의 원천이었던 장소를 쉽사리 내팽개치지는 못하는 법이다.

오호용 씨를 비롯한 환경미화원들은 자신들이 일궈
낸 상상 속의 휴양지로부터 소외되었다. 오호용 씨는 주
장한다. 아름다운 경치가 순수한 자연 상태로부터 갑작
스레 튀어나왔다고 착각하는 이들은 각성하라. 끝없이
주름지는 자연 상태의 파도가 얼마나 많은 부유물과 질
펀하고 투박한 퇴적물을 쉬지 않고 투척하는지 아느냐.
인간의 바람을 무시하면서 천진하게 요동치는 환장할
놈의 대양을 향해서는 무단 투기 금지 스티커를 부착할
수도 없다. 해변으로 놀러오는 도시 아기들은 깝치지 말
지어다. 아름다운 경치 속으로 비밀스레 도사린 그림자
노동을 읽어내지 못하고 뙤약볕 속에서 선명해지는 제
그림자를 향해서만 박수를 치고 있는 꼴이다. 오호용 씨
가 그의 발언권을 제지하는 청년회장을 향해 역정을 부
린다. 치우는 사람과 어지르는 사람이 따로 있는가. 치
우는 사람은 어지르는 사람의 하수인인가. 어지르는 자
연 앞에서 치우는 인간은 시시포스를 방불케 하는 부조
리한 노역에 종사해야만 하며, 일평생 부조리를 감내해
야만 하는 우리들의 한스러움도 한계에 다다랐다. 하루
이틀 일이 아니다. 언제까지 자연의 똥 묻은 항문을 무
료로 닦아주는 머슴일 것인가. 이게 다 정당한 노동의

대가가 지급되지 않았기 때문이다. 청년회장, 용돈은 대체 어떻게 된 거야?

청년회장이 변명한다. 포격 사건이 벌어진 뒤 국가와 민간 모금 단체에서 지원받은 위로금과 재해 복구 비용의 대부분을 마을의 대표자 명의로 주식에 투자했다. 그때는 찬성하지 않았습니까, 오호용 할아버지. 예배당의 재건을 목표로 마을 회의에서 여러 번의 제청과 토의를 거쳐 신중하게 채택된 안건이었다. 의도는 훌륭했으나 지금 마을의 금고는 V섬 마을이 추가적으로 매입한 부동산처럼 개털이 풀풀 날리는 맹지가 되었다. 정부에 다시금 재해 복구 예산을 청구했으나 정부는 이러한 V섬의 청구를 반려한 상태였다. V섬에 더 복구할 것이 남아 있습니까? 정부는 말한다. 여론은 V섬에 소홀해졌다. V섬의 재난은 무상한 세월에 의해 정치적인 무관심 속으로 옮겨 가지 않았는가.

오호용 할아버지! 환경 미화는 제발 그만두세요. 청년회장과 오호용 씨의 예고되었던 갈등이 공론장 안에서 격화될 것이다. 아드님이 입금하는 용돈에 만족하고 놀면서 지내시라고요. 땡깡 좀 부리지 마시고요. 노욕만큼 추한 건 없지 않습니까? 청년회장의 발칙하고 문제적인 발언이 있었고, 오호용 씨가 형광 조끼에 걸려 있던 녹슨 집게를 뽑아 공중에 휘두르는 바람에 공론장의 긴장감이 고조된다. 우리는 환경 미화를 평생의 과업으로 생각하고 열심히 일했어. 놀면서 지내라는 말은 아무것도 하지 말고 가만히 시체가 되라는 소리나 진배없어. 개자식아. 내 돈 내놔!

용돈이 지급되지 않았기에 오호용 씨를 비롯한 환경 미화원들은 주말마다 해변으로 물놀이를 나오는 해병들의 삥을 뜯어 부족한 용돈을 충당해야만 하는 얄궂은 상황에 봉착하고 말았다. 양심의 가책 속에서 밤잠을 설친다는 것이다. V섬을 수호하기 위해 부단하게 애쓰는 군인들은 서럽고 고독하다. 가족이나 친구들이 보고 싶다. 제한된 자유 속에서 나라를 위한 신실한 충의로 무장한 채 청년 시절을 희생하며… 뭐 말이 그렇지 그렇지야 않겠지만, 어쨌든 환경미화원들은 머나먼 육지에 있는 가족과 또래 집단을 향한 해병들의 그리움을 갈취해 용돈을 벌고 있다. 처음에는 휴대폰 사용이 금지된 해병들의 처지가 안타까워 자발적으로 휴대폰을 빌려주었다. 청구된 휴대폰 요금이 몇몇 배은망덕한 해병의 국제전화와 소액 결제로 인해 상승하고, 어떤 해병들이 감사의 의미를 담은 사용료를 건네면서 오호용 씨를 비롯한 환경미화원들은 해병들을 향한 휴대폰 대여가 모종의 경제적인 이익을 창출할 수 있음을 깨닫게 되었다.

오호용 씨는 만약 마을에서 정상적으로 용돈을 받았더라면 불쌍한 해병들의 부자유를 착복해 용돈을 버는 불상사가 초래될 일도 없었을 것이라고 주장한다. 환경미화원들은 외출을 나온 해병들에게 휴대폰을 제공하고 시간마다 휴대폰 사용료에 약간의 웃돈을 받는다. 어떤 해병이 연인에게 실연당할 위기에 처했다고 가정하자. 청승을 떨고 눈물을 흘리며 몇 시간씩 휴대폰을 붙들고 있는 해병의 징징거림을 통해서 오호용 씨와 환경미화원들은 폭리에 가까운 용돈을 벌어들일 수 있다. 해병들의 서글픔에 기생하고 양심의 가책을 미루면서 그들은 환경 미화를 지속할 명분으로서의 용돈을 요구한다.

그들은 이제까지의 환경 미화가 덧없는 일이 아니라는 사실을 증명하기 위한 서류가 필요하다. 푼돈이라도 괜찮다. 무의미를 변호하기 위해 사회로부터 발행되는 가장 간편한 서류가 바로 화폐이지 않은가. 화폐는 구태여 삶의 의미와 가치를 손수 발명하지 않아도 제 삶을 지지할 수 있는 한시적인 보증으로서 항상 유용할 것이다. 잃어버린 시간을 화폐로 치환하지 못한다면 낭비된 시간들은 다 어쩌라는 말인가? 시간을 소모했다는 사실에 기인한 탈력감은 누가 보상해줄 것인가? 환경미화원들은 다음 단계로 나아갈 수 있을 것인가. 용돈과 무관한 환경 미화 행위의 자족적인 의미와 가치를 직접 발명할 수 있을 것인가. 청년회장은 오호용 씨를 향해 넌지시 환경 미화 행위의 의미와 가치를 캐물으며 용돈의 지불을 부결하고자 한다. 회의장 안에는 근본적인 질문이 대두된다. 대체 왜 V섬의 해변이 상상 속의 휴양지로 탈바꿈해야만 했을까?

포격 사건을 계기로 많은 이들이 V섬으로 찾아왔다. 익사이팅하고 화제성이 있는 장소를 찾아다니는 유튜버들, 선거철이 되면 추념할 곳들을 일일이 순방하며 군사분계선 너머의 저주받은 정권에 대해 분노하고 위기감을 조성하기를 좋아하는 보수 성향의 정치인들, V섬 마을을 취재하기 위한 기자들의 방문이 줄줄이 이어졌다. 지금은 아무도 V섬을 방문하지 않는다. 상상 속의 휴양지는 정말 상상 속의 휴양지가 되었다. 피서를 위해 V섬을 선택하는 사람들이 전무하기 때문이다. 상상 속의 휴양지를 기대하며 어딘가의 해수욕장을 찾는다면 그곳은 현실 속의 휴양지로 변한다. 그러므로 상상 속의 휴양지란 V섬 남단의 해변처럼 아름답게 관리되었음에도 누구도 거기서 바캉스를 즐기지 않는 버려지고 외면당한 장소들을 의미할 것이다. 환경미화원들의 노고란 어리석은 일이 되었는지도 모른다.

포격 사건이 있기 전까지 V섬의 해변은 꾀죄죄하고 옹색했다. V섬에 대한 주목이나 관심이 이어지면서 많은 점이 달라졌다. V섬의 해변은 상상 속의 휴양지로 단장되었다. 야산에는 해병들의 주둔지가 들어섰다. 민가의 지붕들이 파란 페인트로 색칠되었다. 들썩거리는 흥분 상태 속에서 새로운 일들이 시작되었다. 그러나 새로운 변화는 새로운 변화를 불러들이지 않았다. 새로운 일들은 해결 불능의 부채이자 새로운 불황으로서 창고에 비축된 낡아빠진 재고 품목처럼 가난하게 방치되었을 뿐, 그동안 오호용 씨를 비롯한 환경미화원들은 더러워진 해변을 청소했으며, 해변은 더러워졌고, 오호용 씨를 비롯한 환경미화원들은 부유물과 유실물을 소탕하고 닳아빠진 모래톱을 끈질기게 수선하면서 V섬에서 일어날 새로운 변화를 마중하기 위해 노력했다. 드디어

개장한 상상 속의 휴양지는 아무에게도 알려지지 않은 장소로 전락하고 말았다. V섬의 금고는 포격 사건이 일어나기 전처럼 고갈되고 말았다.

＊

할머니와 마을 사람들 사이에는 감독의 나이가 어렸기 때문에 명확하게 파악하지는 못했던 여러 트러블이 있었다. 때때로 누군가 약방의 문을 거칠게 두들기며 욕설을 퍼부었다. 마을 사람 몇이 약방 안쪽까지 쳐들어와 은근하게 할머니를 조롱하거나 심술궂게 으름장을 놓았다. 할머니는 분개해 손을 부들거리며 떨었다. 감독의 뇌리에는 그런 기억들이 단편적으로 남아 있었다. 마을 사람들과 할머니 사이에는 할머니 본인에게 크나큰 수치심을 야기했을 모종의 자질구레한 트러블이 있었을 것이라고 감독은 짐작했다. 트러블의 구체적인 내용에 관해서는 함구했는데, 이 소설은 할머니가 어떤 부정한 트러블의 대상이었는지에 대해서는 서술하지 않을 것이다.

부정한 소문에 연루되었던 사람이 비단 할머니만은

아니었다. 검은 짐승이란 일요일마다 예배당에서 있었던 목사의 설교 도중 주로 등장하던 은어였다. 검은 짐승은 다양한 맥락에서 의미가 변경되었다. 대개는 모종의 비밀스러운 결함이나 사악한 죄악, 불순하고 부도덕한 욕망을 가리키는 막연한 단어로 사용되었다. 영혼에서 발병해 인간을 유혹하는 검은 짐승. 검은 짐승에게 영혼을 잡아먹힌 자들의 불행과 번민. 대체로 그런 식이었다.

V섬 안에서도 범속한 생활사에 가까운 주민들 사이의 불화와 다툼이 있었다. 귓속말이나 목격담, 상상적인 추론을 통해 마을의 저변을 떠도는 음험한 소문들도 있었다. 할머니는 다른 마을 사람들처럼 소문의 당사자가 되었거나 되지 않았거나 했다. 이는 대개 할머니가 오랫동안 미망인이었다는 사실과도, 밑에서 약술할 할머니의 약방이 가진 성격과도 연관될 것이다. V섬에서 사건이란 마을 사람들의 죽음, 오래전에 육지로 이주한 친지들의 성공담이나 실패담이 대부분을 차지했다. 치정이나 질병, 성적인 일탈을 연상시키는 파란만장하고 극적인 가십거리들이 사건의 부재나 고통스러운 상실을 대체하는 일도 흔했다. 검은 짐승의 꼬임에 빠진 사람들은

자신이 하거나 하지 않은 일을 변호해야 했다. 무결함을
증명해야 하는 용의자의 신세를 감수해야 했는데, 할머
니는 억울함을 느꼈음에도 눌변이라 자신이 당사자로
출연하는 소문을 떳떳하게 해명하지는 못했던 것 같다.

　훗날 할머니는 약방의 삼발이 의자에 앉아 스카치테
이프와 양말로 제 입을 봉한 채 죽었다. 양말을 다물어
진 입에서 빼냈을 때 피고름과 토사물에 절어 빳빳하게
굳어진 양말에 할머니가 깨문 자국이 본을 뜬 치아 모
형처럼 선명하게 패어 있었다. 그것은 할머니가 삼켰던
침묵의 모양을 증거하는 사물이었다. 진실을 판가름하
는 일은 중요하지 않을지도 몰라요. 감독이 말했다. 사
람들 앞으로 호출된 소문의 당사자가 믿음을 구걸하면
서 말을 더듬거리거나 쩔쩔매는 모습을 보는 일은 아
주 흥미로운 일이니까요. 인간의 신앙이란 실천적인 행
위를 통해서가 아니라 부정한 자에 대한 징벌과 낙인
을 통해 더 적극적인 방식으로 강화되지요. 소문의 대상
을 의심스레 탐닉하면서 진실성 여부를 심판하는 자들
앞에 서면 누구나 진실을 입증하는 일을 체념할 수밖에
없어요. 그들에게서 진실된 태도로 가정된 역할을 충
실하게 수행하거나 거기 부응하는 배역이 되어야 하는

거죠.

제가 죽은 할머니에게 지금까지도 가장 용서받고 싶은 점은 당시 제가 목사가 구사하는 모호한 은어이자 협박이었던 검은 짐승을 실물로서 망상했다는 것입니다. 가끔 할머니가 외출해 약방의 문이 잠겨 있을 때 저는 할머니가 야산으로 들어가 남몰래 검은 짐승을 만나고 돌아오는 것임이 틀림없다고 생각했거든요. 제 망상 속에서 할머니는 저보다 검은 짐승을 사랑해요. 검은 짐승을 끌어안고 덤불과 꽃잎 속을 뒹굴면서 집에서 할머니를 기다리는 저를 내팽개치죠. 할머니는 검은 짐승을 좇아 영영 제 곁을 떠나고요. 저는 비참한 울분 속에 홀로 남겨져 할머니를 원망하게 되겠죠.

마을 사람들 모두가 소문의 포충망에 느슨하게 얽혀 있었다. 어떤 소문은 우스운 해프닝으로 끝났지만 백일하에 드러난 어떤 소문은 시시비비를 가린 뒤 때때로 한 가정이 풍비박산이 나거나 연대 책임으로서의 오욕을 뒤집어쓰는 계기가 되었다. 대부분의 소문은 은밀하고 밝혀지지 않은 방식으로 사람들의 입과 입 사이를 유랑했다. V섬 아래에서 활동하는 검은 짐승은 결코 힘을 잃는 법이 없었다. 명랑한 유동성을 갖고 있는, 금기나 허례허식 아래에서 활성화된 채 일상을 활활 불타는 연료로 소모할 잠재성을 갖고 있는 검고 끈적끈적한 액체가 V섬의 지하 세계를 돌아다녔다. 부정한 소문의 당사자는 자신에게서 유출된 검은 짐승에 대해 전혀 알지 못했다. 불시에 자신을 덮칠 만큼 암담하게 성장한 검은 짐승의 그림자와 맞닥뜨렸다.

　약방에 비치된 짐승들의 미라는 고뿔이나 근육통 같은 사소한 질병들을 위해 처방되지 않았다. 할머니의 약방이 담당하는 의료의 범주란 보다 광범위하고 주술적인 성격을 띠고 있었다. 그곳은 마을 사람들이 겪고 있는 각종 신체적이며 정신적인 애로 사항들을 배출하기 위한 고해소 같은 장소였을지도 모른다. 짐승들의 미라는 대개 마을 남성들의 무기력증과 활기를 보강하기 위해, 동시에 갱년기를 겪는 마을 여성들의 우울증, 혼몽한 인형을 연상시키는 음울한 광기를 치료하기 위해, 때로는 미용 목적으로 주로 처방되는 편이었다. V섬과 같은 후미진 촌락에서 의료 행위란 종종 미신적인 영역과 분간되지 않았다. 때문에 신기하게도 정말 마을 사람들이 겪고 있던 애로 사항이 개선되기도 했다. 짐승들의 미라가 일종의 토템으로서 그들의 체내에 흡수되었던 것이다.

포격 사건이 일어났던 그해 여름, 어린 감독은 치워진 약재 캐비닛의 마지막 칸을 뒤지다 검은 강낭콩을 닮은 작은 짐승의 미라를 발견했다. 살갗이 주름져 있었고 몸이 갑충처럼 말려들어 어떤 짐승인지를 특정할 수 없었다. 처음에는 입에 넣고 빨거나 깨물어보았다. 맛이 밍밍했지만 구슬처럼 단단해 삼킬 수도 없었다. 감독은 고무 대야에 수돗물을 받았다. 검은 짐승을 고무 대야 안에 빠트렸다. 그것을 약방 안에 두었다.

여름방학이 끝날 때쯤 약방의 내벽에는 보송보송한 토끼털을 닮은 하얀 곰팡이가 피어났다. 카운터 아래에도 관절을 꺾는 무용수처럼 괴상한 모양으로 자라난 버섯들이 즐비했다. 습도가 높아지고 숨이 막힐 듯한 열기로 가열된 약방은 감독이 처음 약방으로 되돌아왔을 때와 비교했을 때 울창한 여름마다 태연하며 난잡하게 번성하는 다종다양한 존재자들의 희열과 한숨에 함락된 것처럼 느껴졌다. 우화한 유충들이 껍질을 벗고 날아올랐다. 기숙사에서 가져온 영한사전이나 교과서는 하드커버만 남기고 모조리 갉아 먹혔다. 개미들이 쪽방의 노란 장판 아래에서 자신들만의 복잡하고 경이로운 세계를 구축했다. 대들보와 서까래에서 구정물이 번졌고, 득 실거리며 넘쳐나는 미시 세계의 악동들이 환청처럼 사부작거리고 쏙싹거리는 소리를 냈다. 살균된 폐허의 일종으로서 제 형체를 보존하던 약방은 그곳을 기름진 고깃덩어리처럼 발라 비육하고 풍요로운 생명력을 끄집어낼 여름의 한가운데로 잠식될 예정이었다.

　고무 대야 속의 연못이 푸르스름한 녹말로 뒤덮였다. 미끄덩한 이끼들이 고무 대야의 표면을 차지했다. 수면 위로 노란 꽃들이 가벼이 떠다녔다. 감독이 퀴퀴한 냄새가 나는 고무 대야 앞에 쪼그려 앉아 얼굴을 비춰보았을 때, 녹황색 연못에는 어린 감독의 얼굴이 비치지 않았다. 안쪽에서 거품이 일었다. 물결이 살랑거렸다. 감독이 넣어둔 검은 짐승이 연못 아래에서 첨벙거리며 수영을 하고 있는 듯했다. 검은 짐승이 코를 수면 바깥으로 내놓고 뻐끔거리며 기포를 뱉었다. 감독은 연못에 손을 넣어 검은 짐승을 잡아채려 했다. 순간 검은 짐승이 어린 감독의 손가락을 물었다. 감독은 얼얼한 손가락을 연못에 담근 채 검은 짐승이 충분히 자신을 흡혈할 수 있도록 통증을 참기로 했다.

*

(3) 예배당의 완공 기념식과 이사장님의 금의환향에 관하여

갈라진 하늘의 틈새가 검붉게 타올랐다. 날아온 포탄 두 발 가운데 한 발은 야산에 낙하해 화재로 번졌고, 나머지 한 발은 마을의 중심에 위치했던 예배당을 무너뜨렸다고 했다. 예배당 앞뜰에는 갓난아이를 품에 안거나 무등을 태우고 있는 성상들이 있었다. 일요일 오전마다 예배당 앞뜰에 모여 재잘거리는 마을 주민들을 성상 특유의 인자하며 공허한 시선으로 응시하고 있었다. 교회의 손길이 미치지 않는 변두리의 섬들에 신앙을 공급하기 위해 지어진 예배당이었다. 일요일이면 예배당에 모여 프로젝터 스크린을 통해 서울에 있는 대형 교회의 예배를 실시간으로 관람할 수 있었다.

다행히 포격 사건이 벌어진 날은 일요일이 아니었다. 파괴된 성상들의 신체 파편들을 찍은 참혹한 사진이 포털에 V섬을 입력하면 나오는 페이지의 절반을 차지했다. 잘려나간 채로 울긋불긋하게 구워진 성상의 머리는 마치 피투성이처럼 보였다. 사건 이후 대통령이 한 차례

헬리콥터를 타고 V섬을 찾아 공황에 빠진 주민들을 위로했다. 정치인들이 크루즈를 빌려 단체로 V섬을 방문했다. 사진의 나머지 절반은 마을 회관에 전시된 너절한 포탄의 탄피를 진지하지만 뭔가 엉뚱한 표정으로 바라보는 그들의 사진이었다.

세월이 흘러 국가가 기념해야만 하는 상징적인 장소들 또한 늘어났다. V섬이 상징적인 장소들 사이에서 이로운 입지를 차지하지 못했던 모양인지 정치인들의 방문도 금세 뜸해지고 말았다. 상징적인 장소들은 상징적인 장소라는 이름표를 달고 나서는 현재적인 공간에서 대립하고 경합하며 소요를 일으키는 역사의 의사당으로 내던져진다. 선출직 공무원으로서 대의적인 유령성을 드러내며 항상 출마한 상태로 낙선과 당선을 반복하며 제 기억을 연장하는 법이다. V섬으로 말할 것 같으면 제대로 낙선한 모양인지 그야말로 패가망신했다고 해도 과언이 아니었다. 포격 사건 당시 사상자가 발생하지 않았다는 사실이 원인일지도 몰랐다.

붕괴된 잔해들이 산더미처럼 쌓였던 예배당 부지가 황량하게 치워졌다. 정치인들이 왕래하고 관광객들이 몰려들던 때라 재건될 예배당 부지에 소규모의 기념관을 건립하자는 의견이 있었다. V섬이 북적거렸다. 마을 사람들은 주민들의 안부를 걱정하며 마을 회관 안쪽으로 샐쭉하게 고개를 내민 손님들에게 다과를 대접하고 정답게 어깨동무를 하며 사진을 찍었다. 구멍가게들이 식당을 겸하며 성업했다. 기자들에게는 포격 사건 당일의 경험에 관해 진술했다. 쟁쟁한 굉음과 함께 예배당이 폭파되었던 시각, 저주받은 국경 너머를 향해서도 이에 대응하는 포탄 여러 발이 발사되었다. 창밖으로 먼지 구름이 치솟았다. 산자락이 환해지더니 장엄한 불의 고리가 이글거리며 춤을 췄다. 확산된 산불을 진압하기 위해 육지의 소방 헬기 몇 대가 연기 자욱한 V섬의 상공으로 긴급하게 투입되었다. 마을 사람들은 아수라장이 된 V섬에서 탈출하기 위해 부두에 모여 발을 동동거리며 어선을 타고 육지로 대피하거나 그들을 구조할 선박이 도착하기만을 기다렸다고 했다. 언제든지 포탄이 날아와 그들의 일상을 와해시킬 수도 있다는 두려움이 V섬을 지배하게 되었다고.

정부에 의해 발령된 출입 제한이 해제된 뒤 몇 달 동안은 침체되었다가 갑작스러운 공습과 함께 깨어난 V섬 안에 고무적인 부산스러움이 도래했다. 포격 도발의 위험성을 경고하고, 전쟁에 대한 경각심을 고취시키는 한편 미래 세대의 평화와 안녕을 기원하는 진취적인 메시지를 담을 예배당터의 기념관에는 포탄의 유해와 파괴된 성인들의 신체 파편이 전시될 예정이었다. 정부에서 포격 사건을 위무하기 위해 V섬에 헌정한, 금실로 치장한 수제 태극기가 국경일과 무관하게 종일 게양될 예정이었다.

일요일 예배는 마을 회관에서 진행되었다. 과거 예배당을 건설했던 정부 친화적인 교구에서 예배당 재건을 포함한 기념관 건립의 시공을 담당하기로 되어 있다. 그즈음 예배당 공사가 현재까지 지연될 수밖에 없었던 유감스러운 일들이 동시다발적으로 전파를 타고 나왔다. V섬을 포함한 인근의 섬들에 인도 봉사를 사역했던 교구의 사이비 의혹이 불거졌다. 서해상에 즐비한 수많은 외딴 섬들에 하느님의 복음을 전파했던 대형 교회 목사의 성폭행 정황이 국민적인 공분을 야기하며 폭로되었다. 교회에 대한 국가의 대대적인 전수조사와 압수수색 이후 그 길로 줄행랑을 친 목사는 얼마간 행적이 묘연했다. 자연스레 예배당 시공이 중단되는 한편 인근의 섬에 있는 다른 예배당들 또한 예배가 취소된 뒤 예배당 자체가 폐쇄되는 수순을 밟았다.

　V섬에서 벌어진 포격 사건이란 비약을 보태 목사의 악행과 타락을 묵과할 수 없었던 하느님의 심판이었던 것처럼 여겨지는 구석이 있었다. 어쨌든 이러한 신적인 처벌을 행사했던 주체란 국경 너머의 저주받은 정권이 었으므로 모든 시답잖은 은유가 사태를 어지럽히는 방식으로 범람하기만 했다. 목사의 설교에 근거할 때 국경 너머의 저주받은 정권이 행사하는 민족에 대한 폭압도, 속죄양인 자신이 전부 뒤집어쓴 신도들의 타락과 악행 도 또한 검은 짐승이 인간의 영혼을 집어삼켰기 때문에 초래된 일이었다. 검은 짐승에게 가장 탐스러운 고기란 인간의 영혼이기 때문입니다. 목사가 말했다. 독수리나 하이에나는 영혼이 썩어버린 다음에야 그것을 신선한 고기처럼 맛있게 먹는다는 뜻이었다. 아멘.

　교회의 재산이 법원에 의해 몰수되었다. 허물어진 예배당터는 포격 사건을 증언하는 을씨년스럽고 삭막한 공터로서 남겨졌다. 기념관 건립은 무기한 연기되었다. 예배당 재건 사업을 추진하기로 약속했던 정치인들은 논란에 연루된 자신들의 의혹을 처리하는 일도 버거운 듯했다. 몰수된 교회의 재산에는 예배당 공사와 관련된

예산이 미리 편성되어 있었을 것이다. V섬을 위해 지출
되어야 했을 그 예산은 행정적으로 계류된 채 범국가적
인 무관심 속으로 소리 없이 사라져갔고, 정부가 벌이는
자질구레한 국책 사업들 속으로 흩뿌려져, 아무것도 생
산하지 않고 밑 빠진 독처럼 누수되는 눈먼 지출들 속
으로 산산이 용해되고 말았을 것이다. V섬의 주민들은
교회가 신도들을 기만해 벌어들인 부정한 재산의 한가
운데에서 자신들의 몫을 지켜야만 했다. 그럼에도 자신
들의 몫으로 명확히 책정되거나 공증되지 않은 돈의 흐
름이 어느 곳으로 분산되고 유출되었는지 파악하는 일
은 불가능에 가까웠다. 애초에 예배를 주관하던 교회가
난잡한 추문에 휩싸여 궤멸적인 타격을 입은 마당에 예
배당이 재건되어야 할 합당한 이유가 있는 걸까? 존재
했던 예배당은 한 차례의 치명적인 폭격에 의해 사라졌
지만, 부재하는 예배당이 사라진 까닭은 폭격과 그다지
상관없는 일, 그 인과성을 제대로 규명할 수 없을 만큼
의 복잡하고 혼란스러운 사건들의 부단한 연쇄로부터
발원한 일이 맞았다.

　　사건의 주범인 목사는 경상도의 깊은 산골짜기에 있

는 산장으로 도피한 상태였다. 그곳을 유배지라고 생각하며 함께 피신한 신도들과 합심해 재기를 도모하려 했다. 목사가 은둔한 산장은 원래 노루를 기르던 농장이었다. 신념을 비축하고 내실을 길러야만 하는 시기였다. 건강한 신체에 건강한 정신이 깃드는 법, 건강한 정신을 잃는다면 수난과 치욕으로 점철된 현재를 견디며 지상에 하느님의 낙원을 건설하는 성스러운 책무를 완수하지 못하리라. 목사는 다짐했다. 낙심해 맥빠진 정신으로는 신도들에게 복음을 전하는 일에도, 한뜻으로 일치단결해야만 하는 공동체의 종교적인 숭배를 굳건하게 다지는 일에도 차질이 생길 수밖에 없었다.

　목사는 놋쇠 주발에 그득하게 담긴 노루의 보혈을 하루에도 스무 잔씩 폭음했다. 사타구니 아래쪽으로 후광처럼 환하게 채워지는 스테미너를 통해 나약해진 자존감을 보강하는 한편 검은 짐승에게 깨물린 영혼의 어둠을 정화하려 했다. 수사망이 조여오고 목사가 검거되었을 때, 농장의 철제 펜스 안에는 죽은 정력에의 갈증에 사로잡힌 목사에 의해 생피를 빼앗긴 노루들의 사체가 학살된 사제들처럼 버려져 있었다. 신도들은 자신들의 숨통을 틀어쥔 검은 짐승들과 난투극을 벌였다. 더 객관적인 표현으로는 검은 짐승으로 변신한 경찰 권력에게서 제 영혼을 수호하기 위한 자살 소동을 벌였는데, 경찰들이 산장을 급습한 순간 신도들은 이미 농약을 음용한 뒤 구토를 하거나 혼수상태에 빠져 있었다. 논란의 목사는 병약해진 몸으로 의료용 들것에 실려 산장을 빠져나왔다.

　병원으로 이송된 목사는 살균하지 않은 노루의 보혈을 남용한 대가로 기생충 감염이라는 혹독한 대가를 치러야 했다. 차고 있는 기저귀를 흠뻑 적실 만큼의 설사와 피똥을 배출하며 목사를 경멸하는 간호사들을 고생시켰고, 창자에 가득 창궐한 미시 세계의 검은 짐승들로 인한 배앓이와 오한으로 천당과 지옥을 오르내리는 한편 살이 나날이 빠져 몰골이 추레해졌다. 목사는 혼절하고 다시 깨어나는 나날을 반복하는 가운데 영적 체험과 유사한 순간에 도달했다. 명멸하는 꿈속에서 어두컴컴한 터널을 닮은 순례길을 허덕이며 나아갔다. 터널 너머에 지쳐버린 목사를 융숭하게 환대하는 에덴이 있었다. 목사는 솜털 같은 자신의 영혼이 싱그러운 향기가 나는 동물들과 함께 투명한 샘물을 나눠 마시는 광경을 보았다. 목덜미에 커다란 혹이 있어 뭔가 북녘의 초대 독재자를 닮은 하느님이 다가와 목사의 두 손을 맞잡았다. 네 죄를 사하노라. 이제 슬슬 순교해야 되지 않겠니? 하느님이 말했다.

목사는 흐느꼈다. 과거에 자신을 궁지로 몰아넣은 정권의 창출을 위해 신도들의 투표를 독려했으나, 그러한 행동은 이른바 하느님이 북녘의 초대 독재자와 닮았다는 사실을 알지 못해 초래된 무지의 소치였던 것이다. 그래도 하느님은 목사를 용서하신다. 언제나 그런다. 장염이 완쾌되었음은 물론, 감방 생활 속에서도 신도들이 정기적으로 목사를 면회하며 눈물짓고 함께 성경을 암송하는 것을 보면.

일요일 예배가 없어졌지만 V섬의 주민들은 일요일마다 마을 회관에서 정기적인 집회를 가졌다. V섬의 주민들은 목사를 증오했으나 여전히 예배당이 재건되기를 희망했다. 예배당의 재건이란 V섬의 주민들에게 모종의 정당한 시작을 의미했을지도 모른다. 여기저기서 횡행하는 황당한 장애물에 의해 무산되거나 남루해진 시작을, 도취 속의 깜부기 불꽃 같은 희망적인 조짐들을 원래대로 되돌리는 일. 시작되기만 하면 이제까지의 제자리걸음을 상쇄할 수 있으리라는 듯이. V섬 마을은 훼손된 예배당과 재건될 예배당 사이의 기나긴 유예 속에 고립된 채였다.

집회에 참석한 사람들은 예배 대신 텔레비전 뉴스를 시청했다. 시도 때도 없이 난동을 부리는 국경 너머의 저주받은 정권에 대한 적의와 탄식을 벼려냈다. 예배당을 파괴한 검은 짐승은 군사분계선 너머에 존재했다. 물론 검은 짐승이라는 단어의 출처는 구속된 목사에게서였다. 그러나 목사에 대한 신앙이 흔적도 없이 깨끗하게 소모된 다음에도 검은 짐승에 대한 믿음은 신앙의 대상보다 오래 살아남았다. 신앙은 언제나 허구적인 울타리이며, 공동체를 둘러싼 울타리 바깥에서 불확실하게 우글거리는 검은 짐승들의 위협과 불가분할 것이다. 그렇게 속절없는 시간이 흘러갔다.

재건 작업이 착수된 건 포격 사건이 벌어지고 많은 세월이 지난 근래의 일이었다. 어느 날 청년회장에게 한 통의 전화가 걸려왔다. 아저씨, 저 기억해요? 청년회장은 가물거리는 기억 속에서 할머니의 약방과 거기 살던 꼬마의 얼굴을 끄집어냈다. 제가 V섬에 투자를 하고 싶어서요. 청년회장은 포털에 이사장이 대표로 있는 V사를 검색했다. 신림동 반지하의 단칸방에서 시작한 발품

팔이 업체였던 V사는… 우후죽순처럼 생기는 스타트업 열풍 속에서 드물게 성공 신화를 이어온… 경영자의 철학은 포기를 모르는 도전 정신과 혁신을 두려워하지 않는 창조성… 장황한 문장들 사이를 헤매던 청년회장은 검은 목폴라를 입은 채 팔짱을 끼고 있는 V사 대표의 사진에서 기억 속을 배회하던 꼬마의 얼굴을 대번에 알아보았다. 개천에서 용이 난 거다. 청년회장은 생각했다.

성공해 부와 명예를 거머쥔 사람들은 고향으로 돌아오고 싶은 욕망을 품게 된다고 하던데. 이른바 과거 속에 짐짝처럼 처박혀 있는 열악한 어린 시절과의 감격스러운 해후. 빈궁함 속에 억눌려 있던 과거의 자신과 스스로의 인생을 자율적으로 개척한 미래의 자신을 어긋난 거울처럼 비춰보며 그 낙차나 단차에서 주어지는 자부심과 자기 연민을 동시에 수확하는 일이 인간의 성공담이 가진 일반적인 공식일 것이다. 암, 기원을 망각한 인간에게 미래는 없지. 청년회장은 생각했다. 한 달 뒤 건축 자재들을 실은 화물선이 V섬의 부두에 입항했다. 예배당 부지에서 공사가 시작되었다. 인부들이 V섬의 식당이나 펜션을 이용하며 마을에 흥성거리는 활력을 보탰다.

알몸 등산이 취미이며 노벨문학상을 받기도 했던 어떤 성장소설 작가가 다음과 같은 문장을 썼다고 한다. 새에게 알은 세계다. 탄생하려는 육계는 자신의 세계인 계란을 깨트리고 나와야 한다. V 섬이라는 계란을 계급적으로 깨트리고 나온 V 사의 이사장은 V 섬에 예배당을 공짜로 선사할 만큼의 성숙한 어른이 되어 있었다. 궁핍한 과거에 보은할 만큼의 경제적인 여유 또한 갖춘 듯했다. 역시 인간은 시련을 통해 성장하는 법이지. 청년회장은 생각했다. 시련의 총량은 성공의 총량에 비례하는 법이고. 이사장은 금일 있을 예배당의 완공 기념식에 참석할 것이다. 이사장의 금의환향을 축하하는 마을 사람들과 일일이 포옹하고, V 사의 소유로 되어 있는 예배당을 V 섬 마을에 증여하는 행사가 개최될 것이다. 이사장은 자신의 험난한 인생사에서 축적한 교훈과 깨달음이 담겨 있는 에세이를 낭독할 것이다. 포격 사건과 관련한 기억을 허심탄회하게 공유하며 하루 동안 V 섬에 머무를 것이다.

*

　마을 회의가 진행되는 도중 식사가 나왔다. 머리가 어지러웠다. 회의 도중에 제출된 V섬의 시급한 현안들은 이방인인 그로서는 몰입하거나 귀담아들을 수 없는 시끄러운 노이즈에 불과했다. 이사장으로 둔갑한 감독에 대해서는 현실감이 없었다. V사를 포털에 검색하니 정말 메인에 감독의 사진이 걸려 있었다. 수더분한 복장이었던 감독과는 전혀 다른 인상이었고, 검질긴 포마드로 머리카락을 단정하게 고정해서 꼭 맞지 않는 정장을 입고 피아노 콩쿨에 나간 유치원생 같았다.

　언론 인터뷰에서 감독은 자신의 자아를 두 가지로 분류했다. 장사꾼으로서의 자아와 예술가로서의 자아. 머릿속의 둥지에서 장사꾼으로서의 자아와 예술가로서의 자아가 어린 새처럼 밥을 달라고 아우성을 친다는 것. 경영자로서의 자신은 항상 장사꾼으로서의 자아를 우선시하지만, 예술가로서의 자아가 없었더라면 저돌적인 혁신을 표방하는 V사가 주목할 만한 성공을 거두기도 어려웠을 것이라고 말했다. 장사꾼으로서의 자아만이 잠투정을 부리는 어린아이 같은 예술가로서의 자아의 역할과 쓸모를 설계할 수 있으니까.

　그가 지금껏 알고 있던 감독이란 예술가로서의 자아

를 향해 밥을 주고 있던 이사장이었던 셈이다. 그는 감독에게 메시지를 보내려 했다. 여기서 벌어지는 일이 다 무엇인지 모르겠습니다. 왜 거짓말을 하셨나요? 그러나 감독은 딱히 그에게 거짓말을 하지는 않았다. 세세한 것들을 알려주지 않은 채 그를 V섬으로 파견했을 따름이었다. 그는 메시지를 지웠다.

　김이 오르는 스테인리스 양푼이 그가 앉은 앉은뱅이 탁자 위에 놓였다. 삶은 닭 한 마리가 말갛고 뿌얀 국물 속에 담겨 있었다. 마을 사람들에게도 닭 한 마리씩이 담긴 양푼이 나누어졌다. 회의 때문에 식사가 늦어졌어요. 새를 여러 마리 잡았습니다. 청년회장이 말했다. 숟가락으로 국물을 한술 뜨니 입안에 달큰한 맛이 돌았다. 일단 젓가락으로 닭의 배를 헤쳐 안쪽에 들어 있는 찹쌀에 국물이 스며들도록 했다. 배가 고픈 차여서 허겁지겁 먹었는데, 육질이 부드럽고 고소했으며 뼈와 살이 매끄럽게 분리되었다. 한동안 회의장에 양푼과 식기가 부딪치는 짤랑거리는 소리, 국물을 뜨는 잘박거리는 소리만이 들렸다. 다들 묵묵한 태도로 밥을 먹었다. 어떤 이들은 탁자 아래에 감춰두었던 막걸리와 소주를 탁자에 올렸다. 데워진 국물 때문인지, 벌써 얼큰하게 취한 모양인지 마을 사람들의 얼굴이 발그레했다. 세모 또한 밥그릇에 코를 박고 정신없이 고기를 먹고 있었다.

(4) 김구천 씨와 허춘옥 씨의 외손자인 우명수 군이 밤새 귀가하지 않은 건에 대하여

그때 김구천 씨와 허춘옥 씨가 현관문을 열어젖히며 마을 회관 안으로 들어섰다. 신발도 벗지 않은 채로 땀을 흘리며 씩씩거렸다. 숟가락을 뜨던 마을 사람들과 청년회장이 김구천 씨와 허춘옥 씨를 일제히 쳐다보았다. 회의에 지각해서 죄송해요… 그런데. 김구천 씨가 우물쭈물하는 허춘옥 씨의 말을 받아 성마르게 으름장을 놓았다. 지금 한가하게 회의나 하고 있을 때가 아니란 말이오.

우명수 군은 김구천 씨와 허춘옥 씨의 외손자다. 올해로 일곱 살. 다섯 살 무렵 V섬으로 이주했다. V섬에는 우명수 군의 또래가 전무하다. 어젯밤 우명수 군은 배추흰나비가 그려진 노란 티셔츠를 입고 있었다. 쓸쓸하게 휘파람을 불던 우명수 군. 그러나 마을 사람들은 V섬을 유랑하는 떠돌이 개들을 시종처럼 거느린 채, 뒷짐을 지고 마을을 휘적거리며 행차하는 우명수 군의 모습에서 스스로의 외로움에 굴복하지 않는 용감한 외톨이의 자질을 읽는다. 장군감이라는 뜻이다. 실제로 우명수 군은 나이에 비해 발육 상태가 우수하며 머리도 영리하다. 벌써 구구단을 외울 수 있으며 굳이 도와주지 않아도 바람개비나 방패연 같은 장난감을 스스로 제작할 만큼 손재주가 좋다.

　너를 짓누르는 세계에 지지 말고 네가 갖고 싶은 모든 것을 쟁취하고 소유해도 돼. 그러기 위해서 네가 태어난 거니까. 세상과 싸우기도 전에 너를 기죽이는 불안이나 부끄러움과 싸우지 말고 너를 불리한 쪽으로 내모는 세상과 정당하게 투쟁해도 돼. 네게는 그럴 권리가 있으니까. 네게 가장 중요한 것은 너 자신이며 너는 이미 그것을 손에 넣었으니 이제부터 너 자신을 힘차게 사랑하며 살아가면 좋겠다. 우명수 군의 어머니인 김선화 씨의 유서에는 이런 문장들이 적혀 있었다. 그러니까 지금부터 얼마든지 V섬을 사용해도 돼. 야산에서 민들레 홀씨를 타고 산들바람에 미끄러지는 요정들을 만나도 괜찮아. 노래하는 인어들은 오로지 너를 기쁘게 만들기 위한 공연을 준비하고 있단다. 나그네새들은 네게 경외심과 슬기로움을 가르치기 위해 V섬으로 돌아오는 거지. 네 모든 짓궂은 장난을 허락하기 위해 V섬이 존재하는 거야. 김선화 씨의 유서에는 이런 문장들이 적혀 있지 않았지만 그래도 상관없는 일이다. 우명수 군은 V섬에 사는 유일한 인간 아이이며, 우명수 군을 보살피고 양육하기 위해, V섬이 스스로의 생태계에 잠재된 비현실적인 역량을 개방해 영험하고 괴기한 판타지나 현명한 지혜가 잠들어 있는 동화의 무대로 자신의 장르와 용도를 변경한다고 해도, 아무도 V섬을 향해 시비를 걸지 못할 것이다.

김선화 씨는 어린 시절부터 미술에 호기심이 많았다. 어릴 때는 김구천 씨가 선주로 있는 낡은 꽃게잡이 어선의 선창이며 선실 내벽에 유성 사인펜으로 각종 동물 캐릭터를 그려놓았다. 지금 그 동물 캐릭터들은 염분이 섞인 바람에 풍화되고 흐려져 퇴색된 상태였다. 김구천 씨를 따라 상쾌한 바닷바람을 쐬기 위해 꽃게잡이 어선에 오른 우명수 군도 김선화 씨처럼 미술에 두각을 나타낸다. 손 그림 연습장에서 그러하듯 유성 사인펜으로 김선화 씨가 그렸던 빛바랜 선분의 테두리를 따라 칠하고, 여백에는 새로운 동물 캐릭터를 그려놓았다. 우명수 군은 그런 방식으로 김선화 씨의 그림들을 소생시킨다.

세대를 뛰어넘어 김구천 씨의 아담한 방주 위에 탑승한, 세대를 뛰어넘은 동물 캐릭터들이, 출렁거리는 갑판과 선실 위를 화사한 꽃잎처럼 수놓는다. 김구천 씨와 허춘옥 씨는 가슴이 미어진다.

우명수 군은 연약한 아이가 아니다. V섬에 들어올 때는 심했던 야뇨증도 고쳐서 혈혈단신으로 야외에 있는 화장실도 잘 다녀온다. 저승사자가 나타나면 낭심을 걷어차줄 거예요. 멧돼지가 나타나면 머리를 쓰다듬으며 살살 구슬리면 되죠. 될성부른 나무는 떡잎부터 알아본다고 하는데 떡잎의 기상이 참으로 담대하구나. 산책시킬 명목으로 데려간 세모와 함께 구성복 씨의 텃밭으로 잠입해 기르던 생무를 전부 뽑아버렸다. 어디서 개구멍을 찾았는지 해병들의 주둔지로 숨어들어 작동하지 않던 군용 트럭에 시동을 걸었다. 마후라로 거무스름한 매연을 토해내는 군용 트럭의 엔진음을 듣고 해병들이 갸웃거리며 몰려왔을 때, 우명수 군은 해병들을 야유하듯 히죽거리며 저편으로 달아나는 중이었다. 쓸쓸하게 휘파람을 불던 아이는 온데간데없이 사라지고 심심함을 타파하기 위해 각종 기발한 말썽을 일으키는 사고뭉치가 V섬 마을을 들쑤시고 다닌다. 물론 그것은 아주 좋

은 일이다. V섬이 우명수 군을 격려하기 위해 기립박수
를 치고 있는 것 같다.

　　마을회관의 진열장에는 며칠 전까지 마을의 보물인
술통 두 개가 보관되어 있었다. 청년회장이 손수 담근,
공사 기간 동안 숙성시켜 완공 기념식에서 내놓을 뱀술
과 말벌술이었다. 말벌술이 담긴 술병에는 여왕벌과 애
벌레들까지 한꺼번에 재운 말벌집이, 뱀술에는 잡을 당
시에 줄무늬가 화려했는데 몸통이 삭아 시허옇게 변한
꽃뱀 한 마리가 담겨 있었다. 마을 회관 정문으로 제왕
처럼 당당하게 입성한 우명수 군은 뱀술과 말벌술의 뚜
껑을 열고 술잔을 담갔다. 맛을 보았는데 그 순간 기억
이 암전되었다. 우명수 군의 만행을 목격한 청년회장이
길길이 날뛰며 김구천 씨와 허춘옥 씨를 나무랐다. 애가
불쌍하다고 너무 오냐오냐 키우는 거 아닙니까? 우명수
군은 취한 채로 바닥에 널브러져 헤실거렸다. 할머니,
꽃뱀이 제 입술을 깨물어서 제가 놓아주었어요. 할아버
지, 말벌들이 제 입술을 쏘아서 제가 풀어주었다고요.
술통이 노르스름하게 물든 채였다. 우명수 군이 술통마
다 번갈아 오줌을 싼 듯했다.

어제 우명수 군은 마을의 떠돌이 개들을 규합해 야산으로 향했다. 여름이라 날이 훤하게 밝은 오후 여섯 시 즈음이었다. 이전에도 우명수 군은 늦은 시각까지 야산에서 떠돌이 개들과 야단법석을 피우며 놀다 오곤 했기 때문에 허춘옥 씨는 이를 대수롭지 않게 여겼다. 일을 마치고 돌아와 취침한 김구천 씨 옆에서 둘째 딸과 통화하며 잠시 흐느꼈다. 전화를 끊은 뒤 어둑어둑해진 밖으로 나가 야산을 향해 소리쳤다. 명수야! 그러자 저편에서 대답이 돌아왔다. 할머니, 금방 갈게요! 허춘옥 씨는 집으로 돌아와 깜빡 잠들었다. 새벽 즈음 우명수 군의 이부자리를 살피니 깔아놓은 그대로였다. 그때부터 허춘옥 씨의 머릿속에 무서운 생각이 들기 시작했다.

아무튼 우명수 군이 다른 집에서 잠들었을 가능성도 배제할 수 없었다. 허춘옥 씨의 초조함이 정점에 이르렀을 무렵 김구천 씨가 잠에서 깨어났다. 허춘옥 씨의 초조함을 고스란히 인계받아 날이 밝으면 이웃들의 집에 다녀오자고 말했다. 잠들었을 거야… 세모한테 굿나잇 인사를 하러 갔다가 명수를 특별히 아끼는 공삼식 씨가 집으로 데려가 재웠겠지. 섬은 좁잖아. 길을 잃었어도 거기가 거기인 법이지.

언제 아침이 되나… 그때도 밤이 길었잖아. 아비규환이었어. 마을 사람들은 뛰쳐나왔지. 이대로는 개죽음이다. V섬을 탈출해야 한다고. V섬은 거기가 거기니까. 저녁인데도 눈앞이 환했어. 앵앵거리는 공습경보 속에서 침착함 따위는 내팽개친 사람들이 저마다 가족의 손을 붙잡고 부두로 있는 힘껏 달려가다 넘어지고 소스라쳐 일어나고 그랬지. 폭격은 두 번으로 끝났다고 하는데 부두까지 가면서 환청 같은 폭음으로 몇 번이나 바닥에 엎드렸는지 몰라. 공중에서 다시 날아올지도 모를 폭격에 무방비하게 노출된 채 바닷속으로 뛰어들 기세로 힘껏 달리기만 했지. 어선들이 조명을 밝힌 채 육지로 피난하기 위한 채비를 하고 있었다. 마을 사람들은 어선에 올라탔다. 울렁거리는 밤바다를 가르며 나아가는 어선들마다 겁먹어 웅성거리는 마을 사람들이 가득했다.

선화가 특히 대담했지. 자신도 두려웠을 텐데 울먹거리는 동생들의 눈물을 닦아주느라, 부두에서 부산스럽게 발을 동동거리던 다른 사람들을 잡아주느라 바빴어. 경황이 없는 와중인데도 호주머니에 불룩하게 챙겨온 귤을 까서 동생들에게 나눠주었지. 명수가 선화를 똑 닮았지. 나는 선화가 기특해 견딜 수 없었다고. 정신을 똑바로 차릴 줄 알았다니까. 이제는 모르겠어. 그런 지독한 상황 속에서도 눈을 부릅뜬 채 태연하게 동생들을 챙기던 그 애가 육지로 건너간 뒤 대체 무슨 일을 겪었는지, 당신에게 전화를 걸어 자기 집 천장이 무섭다고 말하는 아이가 되었는지, 왜 며칠 동안 한숨도 자지 못했고 사람들은 어째서 그 애가 그 지경이 될 때까지 내버려두었는지, 스르르 잠들 때까지 동생들을 끌어안은 채로 어깨를 토닥거리던 그 애가 왜 사람들의 쑥덕거림 속에서 명수를 버리고 자살한 무책임한 엄마 취급을 당해야 하는 건지. 그 애는 아무것도 잘못하지 않았어. 그 애는 아무것도 잘못하지 않았다고.

우명수 군은 아직까지 귀가하지 않았다. 김구천 씨와 허춘옥 씨가 다른 집을 돌아다녔지만 모두 고개를 설레설레 저으며 우명수 군을 만나지는 못했다고 말했다. 김구천 씨와 허춘옥 씨는 당장 마을 사람들을 동원해 실종된 우명수 군을 수색하길 원한다. 그러나 완공 기념식이 금방이지 않은가? 실종 사건 자체가 악동 같은 우명수 군의 장난일 수도 있으니까, 숨바꼭질을 하다 지친 우명수 군이 야산을 내려올 수도 있으니까, 술통에 오줌을 쌌던 것처럼 완공 기념식을 망치기 위한 우명수 군의 사특한 이벤트일 수도 있으니까, 이럴지도 모르지, 저럴지도 모르고…

청년회장의 주도로 안건에 대한 투표가 있었다. 김구천 씨와 허춘옥 씨의 의견에 찬성한다면 밥을 먹고 있던 숟가락을 들어 올리면 되었다. 절반 정도의 숟가락이 허공을 향해 돋아났다. 김구천 씨와 허춘옥 씨가 자리를 맴돌며 표결을 시작한 청년회장을 숨죽인 채 지켜보았다. 곧 이사장님이 오실 텐데 찬성하는 건 좀 그렇지? 펜션 주인이 말했다. 허공을 더듬거리며 찬성표를 헤아리던 청년회장의 손가락이 그의 머리를 짚었다. 졸지에 김구천 씨와 허춘옥 씨의 안건에 반대하는 사람으로 집계되었던 것 같은데, 그렇다고 숟가락을 들어 올린다면 잘 알지도 못하는 V섬의 마을 회의에 참여하는 꼴이 되지 않겠는가. 그는 어안이 벙벙했다.

표가 모자라네요. 부결이에요. 청년회장이 말했다. 오늘 밤에 완공 기념식이 끝나면, 아니 내일이나, 나중에 정말 일이 꼬이면 같이 찾아봅시다. 김구천 씨가 바닥을 박차며 회관 밖으로 나갔다. 허춘옥 씨가 황급히 김구천 씨의 뒤를 따라갔다. 저 양반이 독단적인 성격이라 물불을 못 가리지. 사교성이 없어서 저래. 명수가 어디로 갔

겠어. V섬은 거기가 거기라고. 펜션 주인이 말했다. 삼
계탕이 참 맛있네요. 그는 아무렇게나 대답했다. 펜션
주인이 그에게로 가까이 밀착하더니 부담스러운 공모
의 뉘앙스를 담아 읊조렸다. 귓속말에 가까웠다. 닭이
아니야. 킥킥. 우리 섬에서만 먹을 수 있는 거니까 더 맛
있지. 그는 뒷덜미가 섬짓해 창문을 돌아보았다. 여전히
원격 나그네새 두 마리가 창틀에 앉아 마을 회관 안쪽
을 주시하고 있었다. 그는 조심스럽게 숟가락을 내려놓
았다.

—

4

그해 여름에는 예배에 참석할 마음이 전혀 들지 않았지요. 감독이 말했다. 그래도 주일이면 이른 아침부터 예배당에 나갔어요. 마을 사람들이 혼자가 된 제가 안쓰러운 듯 제 어깨를 토닥이고 자리로 갔습니다. 프로젝터를 투영하는 스크린이 천장에서 천천히 내려왔어요. 사람들은 일어나 찬송가를 불렀지요.

그 무렵 제게도 좋아하는 사람이 생겼습니다. 저는 혼란스러웠지요. 할머니가 돌아가시고 제 일상을 지배했던 무거운 슬픔이 그 애를 향한 제 생생한 감정과 반발했으니 말이죠. 왜 한 번에 하나씩이 아닌 걸까. 왜 나누어지지 않을까. 왜 복면을 쓴 폭도들처럼 동시에 들이닥쳐서 살고 싶고 죽고 싶고 사랑하고 싶고 욕하고 싶고 끌어안고 싶고 아끼고 싶고 쥐어뜯고 싶고 그런 감정들을 전부 죽이고 싶고 그런 모든 감정에 애걸하거나 복종하고 싶은 걸까. 이해하시겠어요. 제각기 분열된 감정들은 또한 하나의 덩어리라서 도려내기 위해 칼을 대면 모두가 한꺼번에 아프다며 고함치는 것만 같았어요.

저보다 키가 훤칠하고 목덜미에서 향긋한 사과 냄새가 나던 애였어요. 그 애의 시선을 애써 회피할 때에는 마음이 비굴한 생쥐처럼 구멍 안에서 찍찍거리는 것 같았지요. 제 근처로 다가와 어깨동무를 하거나 저를 툭툭 건드릴 때에는 마음이 말벌에 쏘인 것처럼 따갑게 욱신거렸어요. 누군가를 좋아하면 마음의 물성이라는 게 달콤한 점액이 끈적끈적하게 흐르는 과육이 되지는 않습니까. 저는 그렇게 생각해요. 상온에 내놓은 갈변된 과육이 흉측하게 짓무르지는 않을까 두려워지죠. 서로가 서로에게 모질게 손가락질을 하고 비난이나 야유를 퍼붓는 듯한 낱낱의 감정에 죄책감과 미안함을 느꼈습니다. 저는 무엇도 제대로 인정하려 하지 않았고, 제 솔직한 감정이 쑥스럽고 께름칙해서 모른 척하며 딴청을 부리는 풋내기에 지나지 않았지요.

학교로 돌아가면 그 애한테 무슨 말을 꺼내면 좋을까. 그런 시답잖은 고민을 여럿으로 불려 헤아리고 있으

면 시간이 잘 갔어요. 예배당의 단상 뒤편에는 가시 면
류관을 쓰고 십자가에 매달린 구세주의 성상이 있었어
요. 낯빛이 초췌하며 울적했지요. 광대뼈가 볼품없이 패
어 있었고 여러 날을 굶주린 것처럼 배가 홀쭉했어요.
찌푸린 얼굴로 고개를 오른쪽으로 비틀고 있었는데 누
구나 그 헐벗은 모가지를 쉽게 부러뜨릴 수 있을 것 같
았지요. 그러니까 제가 그 메마른 성자의 얼굴에서 연상
했던 것은 할머니가 비치는 거울, 혹은 약방 캐비닛 아
래 칸에 들어 있었던 작은 짐승들의 미라였어요. 성자의
뻣뻣한 사지를 찢어 약탕기에 우려낸 체액이란 할머니
가 제게 주던 보약처럼 맛이 고약하리라는 생각이 들었
습니다.

　할머니의 약재 캐비닛 안에는 부정한 효험을 간직한
채 쭈글쭈글해진 짐승들의 성자가 가득했지요. 인간과
닮지 않았을 뿐 희생된 박쥐나 두꺼비, 귀뚜라미나 애벌
레의 육신을 가진 성자들이 그로테스크한 봉헌물처럼
쌓여 있었어요. 육신을 쥐어짜면 어두운 미신과 야만이
진액처럼 흘러나올 것이나 제가 꾸는 악몽 속에서 항상
되살아나곤 했던 성스러운 짐승들이 말입니다. 그 짐승
들은 인간의 영혼을 돌보는 신의 음성이 인간의 육체를

돌보는 궁휼한 먹이와 다르지 않다는 사실을 알려주는 것 같았어요. 그때 어떤 아이디어가 머릿속을 스치고 지나갔습니다. 신은 말하지 않고 짖는구나. 인간의 모습을 한 성자가 있듯이 다른 짐승의 모습인 성자가 있다면, 결국 이 짐승들을 돌보는 단일한 신이란 불가해하며 특정되지 않는 검은 짐승의 모습을 하고 있으리라는 생각이 들었습니다. 그리고 그 신은 인간에 앞서 짖었을 것이라는 사실도요. 검은 짐승으로서의 신은 인간을 향해서는 인간을 닮은 결백한 가면을 쓰고 나타나지만 다른 짐승에게는 그렇게 하지 않을 것이라는 생각도 들었습니다.

그러자 차라리 신이란 온갖 짐승으로 분화되기 이전의, 모든 짐승의 배아로서 무한한 잠재성을 내재하고 있던 어떤 원시적인 생명을 가리키는 이름이라는 생각이 들었습니다. 검은 짐승은 인간적인 의미의 지성체가 아니며, 단순하고 본능적인 맥동에 불과할지도 모를 녹조와 뜨거운 거품 속의 유기화합물이었을 텐데, 그곳에서 발원해 지구를 뒤덮을 어마어마한 역량을 미지의 환경을 향해 너그러이 내맡기며 푸르스름한 바닷속을 몽롱하게 부유했던 태초의 미생물이었을 거예요. 검은 짐승은 아무것도 배척하거나 추방하거나 차별하지 않는 신, 특성 없는 신일 수밖에 없는데, 존재했던 모든 짐승과 존재할 모든 짐승이 이 한없이 작은 소용돌이의 검은 핵심에서 발생했기 때문에 생명에 대한 어떤 부정성도 허락하지 않는 일을 내적 원리로 취하는 신이었을 겁니다.

저는 스크린 속에서 설교하는 목사에 반박하듯이 이러한 생각을 전개했지요. 모든 짐승은 바닷속을 떠다니던 불순물 입자였던 검은 짐승이 주어진 환경적인 조건과 연합하거나 대화하면서 만물의 일부로서 스스로를 창조하는 무궁무진한 변천의 과정을 표현한다고요. 그러므로 모든 짐승이 검은 짐승의 소진되지 않는 맥동을 간직하고 있을 것이며, 이들이 간직한 검은 짐승의 아무것도 아닌 맥동이야말로 모든 짐승에게 공평하게 분배된 신성한 영혼의 실체일 것이라는 생각이 들었습니다. 모든 짐승이 동등하게 검은 짐승의 박동을 전송하는 자의 실황을 증언하기에 존엄한 것이지 존엄이란 개별적인 짐승의 특질이나 본질에 호소하지 않는 것이죠. 인간의 언어가 인간의 짖음에 불과한 세계가 인간의 저편에 있다. 그러나 어둠 속에서 그치지 않고 계속되는 소리

가, 컹컹거리고 앵앵거리며 콩닥거리고 할짝거리며 캥
캥거리고 골골거리고 꿀꺽거리는 세계의 충만한 비의
미가 이곳에 있다.

그리고 저는 그 소리들과 이미 연결되어 있었어요.
저는 말과 말 사이에서 흘러넘치는 짖음을 청취하려 했
어요. 캄캄한 대지 아래에서 치열하고 맹목적으로 굴을
파고 있는 눈먼 두더지의 몸짓을 상상하려 했지요. 진동
하는 땅에 납작하게 엎드려 귀를 기울인다면 얼마든지
신의 작업을 엿들을 수 있는 그런 세계를 말이죠. 일단
그 짖음이란 제 관자놀이까지 차올라 두근거리는 심장
의 함성이었어요. 예배가 끝이 났습니다. 마을 사람들이
예배당에서 퇴장한 뒤 스크린이 꺼졌지요. 저는 좋아하
는 사람과 죽은 할머니를 동시에 생각했습니다. 목사가
기도를 암송하는 스크린 옆에는 굳게 잠긴 목회실이 있
었어요. 저는 성상을 지나 잠긴 목회실을 향해 다가갔지
요. 여름인데도 얼어붙은 것만 같은 싸늘한 나무문에 귀
를 댔습니다.

설교 도중에도 이어지던 가냘픈 소리였어요. 눈을 감
으니 음량이 커다랗게 증폭되었지요. 꼬르륵거리는 소
리, 가르릉거리는, 낑낑거리고 졸졸거리는, 까옥거리고

꿀꿀거리는 소리, 바스락거리고 낄낄거리며 끅끅거리며 겔겔거리는 소리가 들렸습니다. 하나하나 열거하지 못할, 구순기 아이의 끈적거리는 타액에 흥건하게 절은 듯한 무정형적인 소리의 곤죽이었어요. 뒤엉킨 창자들의 웃음소리, 경쾌한 폐부에서 거침없이 길어내는 울음소리, 향락하는 해면동물들의 부글거림, 모든 존재를 향한 모든 존재의 구애이자 위협이기도 한 각자의 노랫소리가 귓속으로 콸콸 쏟아졌습니다. 한 마리의 짐승에게서 나는 것 같았지만 또 수천 마리의 짐승들이 그곳에 감금된 채 사랑하고 싸우며 먹고 경쟁하며 구토하고 서로의 등에 올라타고 축제를 벌이며 비명을 지르다가 다친 살갗을 핥으며 눈물을 흘리고 있는 것 같았지요. 소리들의 곤죽은 끊이지 않고 연속되었는데, 인간의 분절된 언어처럼 어떤 말에서 다음 말로 교체되는 것이라기보다는 함께 호흡하고 녹아내리고 한데 뭉쳐져 어지러이 번져가며 들끓고 있는 것만 같았어요. 감독이 말했다.

*

마을 회의에서 감독의 정체를 들은 뒤 예감이 나빠졌

다. 잘 오고 계시죠? 저는 마을 회관에 있습니다. 그는 감독에게 메시지를 전송했다. 무언가 심상찮은 일이 일어날 것 같았다… 감독은 이해할 수 없는 영화를 만드는 사람이어야 했다. 그래야만 감독의 머릿속에 고여 있는 미심쩍은 공상이 현실을 향해 풀려나오지 않을 테니까.

아무래도 과민해져서 기우에 빠진 모양이다. 그는 생각했다. 감독은 의외로 현실과 공상을 잘 구분하는 사람일지도 모른다. 사업적인 성공이란 철두철미한 현실 인식에 기반하지 않으면 불가능한 일이라고들 하니까. 감독이 어떤 사람이었는지 더는 알지 못했으므로 아직 만나지 못한 V사의 이사장이 차라리 믿음직하게 여겨졌던 것이다. 처음 감독의 말을 주워들었을 때만 해도 허튼소리나 넋두리 정도로만 치부했던 감독의 개인적인 환상이 재건된 예배당을 향해 결집하고 있는 듯했다.

어쩌면 V섬 전체가 감독의 미신적인 음모를 실현시키기 위해 설계된 세트장이 아니었을까. 마을 사람들은 무슨 죄를 지었기에 감독의 음모 속으로 끌려들고 말았을까… 너무 근심하지 말자. 그는 다시 생각했다. 그는 이전에도 감독의 영화에 출연하면서 딱히 생각이라는 것을 시도해본 적이 없었다. 감독의 불가사의한 의지에 스스로를 빌려주었을 따름이었다. 어쨌든 그는 내일 육지로 돌아가게 된다. V섬을 떠나기만 하면 마을 회의에 슬쩍 끼어들어 엿들었던 V섬의 시급한 현안들도 금세 잊힐 것이다.

그는 V섬의 여행자이다. 우명수 군이 무사히 집으로 귀가했으면 좋겠다. 그러나 우명수 군이 무사히 집으로 귀가하건 말건 그는 창백한 불꽃처럼 쇠잔해지는 물음들을 배후에 남겨둔 채 V섬을 벗어날 것이다. V섬은 그와 동떨어져 망각 속으로 가라앉는 난파선이 될 것이며, 난파선은 이곳에서 줄곧 침몰하고 있을 터이나, 그는 우물 안의 개구리를 우물 바깥에서 관망했던 사람이지 우물 안으로 뛰어든 개구리가 아니다. 우물 안으로 뛰어든 개구리는 끔찍하지. 심연 속을 첨벙거려야 하니까. V섬에 연루된 채로 오호용 씨에게 용돈을 지급하거나 말거나 하는 화두에 사로잡힌 채 정신적인 에너지를 소모해야만 하는 것이 심연 속으로 처박힌 개구리의 신세를 대변하는 것이다. 그는 생각했다. 원고 마감이 코앞이다…

마을 사람들이 회관 앞에서 나란히 줄지었다. 예배당

으로 출발했다. 청년회장이 마을 사람들을 인솔했다. 질서를 지킵시다. 청년회장이 호루라기를 불며 세모가 올라탄 유아차를 밀고 있었다. 그는 마을 사람들의 대오를 좇아 그들과 보폭을 맞추며 걸었다. 행렬이 굼떴고, 운신이 불편한 어정거리는 노인들을 부축하는 사람들도 있었다. 그는 감독을 떠올렸다. 유년 시절의 기억을 떠벌리던 감독의 모습에서 그는 덧없는 열정을 감지했을 따름이었으나, 그 덧없는 열정이 V섬에 예배당을 재건함으로써 무언가를 실행하려 하고 있었다. 회상을 거듭하니 감독의 눈빛에 평소의 감독이었다면 자폐적이며 기이한 심상 풍경으로 넘기고 말았을 불길한 번뜩임이 배어 있는 것 같기도 했다.

개구리복 남자들이 예배당 앞뜰을 서성거렸다. 예배당을 에워싸던 공사용 가림막은 철거된 상태였다. 삼발이 의자 위로 올라간 개구리복 남자들이 예배당 정문에 완공 기념식을 축하하는 현수막을 내걸었다. 마을 사람들이 예배당 앞뜰로 진입했다. 예배당을 치어다보는 표정에 설렘이 묻어났다. 예배당은 콘크리트로 지은 상자 모양의 단층 건물이었다. 앞뜰에 있는 성상들의 목에 알록달록한 빛깔의 화환이 걸려 있었으나 예배당의 이름이나 기능에 걸맞지 않은 수수하고 초라한 건물이라는 생각이 먼저 들었다. 어쨌든 앞뜰의 포석들은 왁스를 칠한 듯 정갈한 윤기를 내비쳤다. 폐가와 낡은 가옥이 즐비한 V섬에 새로 축조된 건물은 꽤나 오랜만이었을 것이다. 때문에 예배당은 V섬 마을과의 상충된 분위기 속에서 짐짓 시치미를 떼고 있는 듯했다.

건물 너무 예쁘네. 예전에 있던 예배당이랑 쌍둥이처럼 똑같네. 마을 사람들이 눈을 껌뻑거리며 탄복했다. 마을 사람들은 재건된 예배당 앞뜰에 있었지만 그곳은 파괴된 예배당의 반영이었으며 폭격이 있었던 장소였다. 그는 파괴된 예배당의 반영을 알아볼 수 없었기에 무감동하고 떨떠름하게 서 있을 수밖에 없었다. 도시로 가면 예배당과 다르지 않은 모습으로 골목길을 차지한 빌라 단지들을 얼마든지 찾아볼 수 있었다. V섬의 예배당은 그 복제된 신축 빌라들보다 성의가 없었으며, 새로 지어졌을 뿐 곤궁한 V섬 마을의 처지를 역설적으로 드러내고 있는 것처럼 보였다. 부두에서 뱃고동 소리가 들렸다. 감독이 타고 있는 배가 부두로 입항하고 있는 듯했다. 개구리복 남자가 마을 사람들 사이를 파고들어 그에게로 왔다.

작가님, 준비가 다 끝났어요. 이제부터 볼 만한 이벤 트가 벌어질 겁니다. 개구리복 남자가 말했다. 뒤에서 응원하고 있으니까 연기 잘하시고요. 엉큼하고 교활한 미소로 얼굴에 화색이 돌았다. 기겁한 채로 우왕좌왕하 는 사람들의 모습을 관람하는 재미도 꽤나 쏠쏠하겠지 요. 하여튼 오늘까지만 고생하고 내일부터는 편안하게 새들의 꽁무니만 쫓으려고 합니다. 육지로 돌아가면 감 독님께 받은 급여를 모아 저희 탐조 동아리 회원 전용 캠핑카 한 대를 구입할 거예요. 그곳이 저희 원격 나그 네새들의 둥지가 되겠죠. 차체에 얼룩덜룩한 군용 트럭 처럼 칠갑된 새똥 속에서 저희가 파견한 무인기들이 새 들만이 향할 수 있는 북방 한계선 너머로 날아갑니다. 새들의 이동 경로를 따라 동쪽으로 유랑하고 남쪽으로 이주하면서 사람보다 새들을 더 자주 만날 거예요. 작가 님도 오늘만 고생하세요. 카드값 갚으셔야죠. 연체된 카 드값이 작가님의 미래 전반에 미칠 상상적인 해로움에 비하면 작가님이 오늘 겪을 일들 전부가 그게 무엇이든 어떤 악몽이든 정말 하찮게 여겨질 테니까요.

열 대가 넘는 원격 나그네새들이 예배당의 담장이며 지붕 위에 집결했다. 그새 조종 실력이 향상된 모양인

지 부리로 깃털을 긁거나 날갯죽지를 파닥거리는 모습
이 진짜 나그네새와 판박이였다. 청년회장이 담장에 내
려앉은 원격 나그네새를 내쫓기 위해 팔을 휘둘렀다. 작
가님, 표정이 왜 그러신가요. 체하기라도 하셨나요. 힘
을 내시라고요! 개구리복 남자들이 단체로 예배당 앞뜰
을 빠져나갔다. 키득거리며 펜션 쪽으로 내려갔다. 감독
의 속셈은 무엇일까. 이번에는 예전의 그 사이비 자식
말고 제대로 된 녀석을 믿자고. 마을 사람들 가운데 누
군가 말했다. 감개가 다 무량하네. 누군가 말했다. 이사
장님이 오시면 연습한 대로 일동 환호성. 아시죠? 청년
회장이 말했다. 어쨌든 조금만 있으면 감독을 만나게 된
다. 멱살이라도 잡을까? 아니. 아니… 그는 앞으로 무슨
일이 일어날지를 전혀 예측하지 못했다.

*

　어린 감독은 예배당을 빠져나온다. 이글거리는 태양
아래로 작은 돌멩이가 풍경에 반대하듯이 홀연히 놓여
있다. 저것은 V섬의 주권자. 작은 돌멩이 하나가 주변과
의 공교로운 부조화 속에서, 흐리터분한 미광을 발하며

어린 감독의 이목을 끌어당긴다. 이 돌멩이는 평범한 것 같지만 또한 어린 감독을 가까스로 주목시키는 이질성을 담고 있다. 돌멩이는 V섬 마을의 헝클어진 풍경 속에서 혼자서만 자립한 듯 배후로부터 등을 돌린 채 돌멩이만의 나지막하게 쌕쌕거리는 가수면 상태에 빠져 있다. 혹은 돌멩이는 풍경의 질서에서 반쯤 비스듬하게 이탈한 곳에서, 풍경에 속한 모든 것을 관조하는 것처럼 무심하고 초연하게 어린 감독을 응시한다. 이런 생각들이 말이 되나?

동글동글하게 다듬어진 평범한 돌멩이가 왜 하필이면 왜 저 길가에. 어린 감독은 생각한다. 어린 감독은 다가가 돌멩이를 줍는다. 언뜻 반짝거리는 듯하던 심연 속에서 채집한 별다르지 않은 돌멩이. 어린 감독은 맨들맨들한 표면에 얼굴을 비춰보듯 돌멩이를 빤히 쳐다본다. 돌멩이도 어린 감독을 빤히 쳐다보는 느낌이 든다. 모든 돌멩이는 조금씩 다른 돌멩이다. 이 생김새들의 부박하며 사소한 차이에 감독을 돌멩이를 향해 이끌었던 수수께끼와 매혹이 스며들어 있다. 어린 감독은 명확하게 분별할 수 없는 생각들이 귀찮아진다. 쥐고 있던 돌멩이를 덤불 속으로 던져버린다.

순간 돌멩이를 상실한 풍경이 균형을 잃어버린다. 가벼운 현기증이 닥친다. 조금 다른 돌멩이는 특별한 돌멩이, V섬이 어린 감독을 위해 그곳에 놓아두었던 돌멩이다. 어린 감독은 기울어지는 풍경을 지탱하듯 지끈거리는 관자놀이를 꾹꾹 누른다. 실눈을 뜨고 여기저기 널린 돌멩이들을 찬찬히 더듬는다. 돌멩이는 어떻게 주장하는가. 돌멩이는 어떻게 짖는가. 어떤 예외적이고 신비한 돌멩이가 어린 감독에게 신호를 보내는 것이 아니다. 어린 감독이 돌멩이의 신호를 미리부터 마중하며 반가워할 수 있는 사람이 되어야 한다. 어린 감독은 현혹되는 것이 아니라 현혹될 수 있는 사물을 고의적으로 발생시킨다. 언어적으로는 능숙하게 설명하지 못할 정도나 강도의 차원으로부터, 어린 감독을 향해 자력을 내뿜는 돌멩이들이 반드시 존재한다. 잠시 후 다른 돌멩이 하나가 하품한 시야 속으로, 각막의 물기로 맑아지는 풍경의 중심에서 솔깃하게 도드라진다. 예컨대 그것은 조금 더 아름다운 돌멩이, 조금 더 반항하는 돌멩이, 조금 더 으스대는 돌멩이, 조금 더 측은하고 조금 더 투덜거리는 돌멩이다.

어린 감독은 아름다운 돌멩이에서 반항하는 돌멩이

까지 나아간다. 투덜거리는 돌멩이에서 으스대는 돌멩이까지 나아간다. 돌멩이들 사이로 어린 감독을 인도하는 가상적인 별자리가 자라난다. 지상을 잇는 돌멩이들 사이의 별자리를 따라가는 여행이란 전적으로 개인적인 실험에 불과하다. 그러나 어린 감독이 특별한 돌멩이를 포착하는 순간 풍경은 기울어지지 않고 특별한 돌멩이를 중심으로 재편되는 것 같다. 때문에 조금 다른 돌멩이를 발견하는 행위가 풍경을 아슬아슬하게 떠받히며 걸어가는 일이 된다. 어린 감독은 돌멩이들과 마주치고 작별하면서 야산을 오른다. 길은 돌멩이에서 돌멩이까지 일시적으로 방향을 설정한 뒤 감쪽같이 휘발된다. 그때부터는 다시 표석으로 사용될 수 있는 돌멩이를 찾아 혼란을 고정하고 도래하는 기호들 사이를 새롭게 바느질해야만 한다.

길은 구불구불하며 아리송한 지점에서 단속적으로 끊어진다. 어린 감독은 돌멩이에서 돌멩이까지 스스로를 운반하는 사람에 불과하다. 그것은 무수하게 포개진 우연성들 사이의 즉흥적인 감행과 분간되지 않는다. V섬이 거기 배치한 돌멩이들을 통해 어린 감독을 향해 최종적인 목적지를 지시하고 있을 수도 있겠으나, 어

린 감독은 돌멩이들 사이에서 조금 다른 돌멩이를 식별
하고 그곳을 향해 나아가는 찰나의 재미에, 암중모색이
며 인식의 까막잡기인 이러한 놀이에 흠뻑 몰입한다. 흩
어진 돌멩이와 돌멩이를 연결할 경우의 수는 헤아릴 수
없을 만큼이다. 어린 감독은 항상 그중 하나를 선택해
선분을 긋는다. 어린 감독은 「헨젤과 그레텔」에 등장하
는 과자 부스러기처럼 사라지는 길을, 돌멩이들의 즉흥
적인 도약으로 말미암아 성립되는 징검다리를 따라가
고 있을 뿐이나, 그것은 스스로의 불확실한 매혹의 광채
를 긍정해야만 가능할, 우연성을 전유하는 움직임이기
도 하다. 이 길은 꿈처럼 다시 복기될 수 없는 길이나, 무
분별한 돌멩이들 사이의 차이를 적극적으로 낚아채는
작위의 별자리들을 따라가는 모험이다.

　감독은 어지러운 수림을 헤친다. 까마득한 절벽이 나
타난다. 삼각형 편대를 이루다 갈라지는 나그네새들이
청명한 하늘을 가로지른다. 돌멩이들은 가파른 절벽을
우회해 깊은 야산으로 어린 감독을 데려간다. 어린 감독
은 돌멩이들 사이에서 조금 다른 돌멩이를 기어코 찾아
낸다. 등산로를 벗어난다. 감독의 이마 위로 이파리들이
사각거린다. 어린 감독은 비탈에서 발을 헛디뎌 바닥으

로 자빠진다. 무릎에서 피가 난다. 어린 감독은 절뚝거린다. 땀이 쏟아지고 숲에 사는 날벌레들이 미끄덩한 팔이나 반바지를 입은 정강이에 간지럽게 들러붙는다.

울창한 수림이 어린 감독을 포위한다. 그러나 어린 감독이 포위망의 중심에서 조금 다른 돌멩이를 찾아낼 수 있다면 포위망은 해산된다. 돌멩이의 목록이 늘어난다. 예컨대 수업 시간에 잠만 잘 것 같은 돌멩이. 국어는 잘하지만 다른 과목은 매번 낙제점을 면치 못하며 목소리가 저음이고 노래를 부를 때에는 결심한 것처럼 주먹을 꽉 말아쥐며 가만히 있을 때도 웃상으로 두꺼운 양쪽 입꼬리가 슬그머니 올라가는… 내가 좋아하는 그 애의 신체 기관들이 내 몸에 반응했으면 좋겠네. 어린 감독은 돌멩이들을 정신없이 따라왔기에 이곳이 어디쯤인지 알지 못한다. 돌멩이들에 근거한다면 V섬 안으로 수만 가지로 갈라지는 샛길들이 스스럼없이 포개지고, 사면이 바다인 작은 섬에도 갈겨쓰는 낙서처럼 무수하게 분기하는 탐험의 궤적들이 잠재한다고 말할 수도 있다. 어린 감독의 왼편에서 청설모 몇몇이 재빨리 달아난다. 수풀 사이로 멀어지는 고라니의 엉덩이를 놓친 것도 같다.

마침내 도착한 능소화와 들장미의 천연 제단 위에서 감독은 다시는 만나지 못할 검은 짐승의 우상과 조우하게 된다. 꽃덤불의 조각보 위에 바위를 조각한 석상이 세워진다. 그것은 울퉁불퉁한 바윗덩어리 속에서 아직 솟아나지 않았던 까닭에, 오직 어린 감독만이 알아볼 수 있었던 우상인지도 모른다. 그것은 과거의 V섬에 번성했던 토착적인 종교의 잔존물인지도 모른다.

상투를 틀고 동여맨 천으로 눈을 가린 벌거벗은 남자가 옆모습을 보이며 꿇어앉았다. 왜소한 남자보다 기골이 장대한, 사나운 곰이나 침팬지를 닮은 검은 짐승이 남자를 습격하듯 팔을 넓게 펼친 채 굳어져 있다. 우상에는 포효하는 듯한 검은 짐승의 얼굴이며 뾰족한 송곳니, 전신에 곤두선 털이 세공된 것처럼 조밀하게 묘사된다. 반대로 상투를 틀고 있는 남자의 얼굴은 뭉개져 암회색 가면을 쓰고 있는 것 같다. 남자는 검은 짐승에게 애걸하고 있는 건지, 박해받고 있는 건지, 아니면 검은 짐승을 정성스레 섬기려는 건지, 달래고 있는 건지, 검은 짐승에게 납득할 수 없는 애정을 느끼고 있는 건지… 표정이 지워진 까닭에 애매하기 짝이 없는 어떤 행위에 매진하고 있는데, 그것은 그러쥔 검은 짐승의 발기한 음경을 입으로 애무하는 것으로, 목이 졸린 풍선 같은 음경 끄트머리가 남자의 손아귀 사이로 삐져나와 동그랗게 부풀어 있다. 어린 감독은 상투를 튼 남자처럼 우상 앞에서 무릎을 꿇고 입술을 오므린다. 눈을 질끈 감은 어둠 속에서 어린 감독은 어떤 환상적인 검은 짐승의 음경을 물고 있다.

우물거리는 입속에서 움찔대는 혈관들이 가느다란 유충처럼 필사적으로 꿈틀거린다. 어린 감독의 축축한 구강을 헤엄치고 다닌다. 어린 감독은 치미는 구역질로 바들거리고, 검은 짐승의 음경이 잠잠하게 용해될 때까지 그 몸부림에 스스로를 내맡겨야 한다는 피학적인 의무감을 느낀다. 그러자 질척한 토양에서 구불텅거리듯 왕성하게 돋아나 어린 감독을 휘감고 주무르는 음란하고 메스꺼운 손길이 느껴지는 듯하다. 어린 감독은 차츰 물렁해지는 허구의 음경을 치아로 힘껏 물어뜯는다. 입속에서 날뛰며 껄떡거리는 그것을 꼭꼭 씹어 통째로 삼킨다. 검은 짐승의 앞발이 어린 감독의 정수리를 아찔하게 덮친다. 혼이 날지도 몰라. 그러나 검은 짐승은 어린 감독을 해치지 않는다. 오히려 상냥하게 칭찬을 하듯 어린 감독을 쓰다듬는 것 같다. 산들바람이 달아오른 귓가를 스친다. 어린 감독은 눈을 뜬다. 우상은 평범한 바윗덩어리로 되돌아온다. 야산에 서식하는 나무들이 침을 흘리는 어린 감독의 정수리를 내려다보는 듯하다. 어린 감독은 야산을 내려간다.

*

 그는 식은땀을 흘리며 펜션으로 돌아왔다. 감독에게 전화를 걸었으나 휴대폰이 꺼져 있었다. 응답이 없었다. 더는 놀아줄 수 없어요. 이게 무슨 짓입니까. 당장 전화 받으세요. 원격 나그네새들이 소스라친 채 휴대폰을 양손으로 쥐고 메시지를 입력하는 그를 촬영하고 있었을 것이다. 그는 커튼을 쳤다. 커튼 뒤편의 창틀에서 딱딱거리는 소리가 들렸다. 원격 나그네새들이 당장 커튼을 개방하라며 부리로 유리창을 짓찧는 소리였다.
 금일의 마지막 여객선이 부두를 떠났다. 결과적으로 감독은 완공 기념식에 참석하지 않았다. 청년회장이 이사장에게 전화를 걸었다. 그는 찜찜한 기분을 떨칠 수 없었으나 될 대로 되라는 심정이었다. 이사장님이 늦으신대요. 요트를 타고 오시려나. 청년회장이 말했다. 일단 들어가서 기다립시다. 마을 사람들이 예배당으로 입장했다. 예감이 적중했다. 암막 커튼이 쳐진 동굴 같은 실내에서 나풀거리는 해파리 같은 인공적인 불빛들이 천장이며 내벽을 수놓고 있었다. 고약하고 시큼털털한 악취가 페인트를 새로 칠한 예배당 내부의 시너 냄새에 뒤섞여 코끝을 자극했다. 스피커에서 울리는 드럼 소리로 심장이 쫄깃하게 조여들었다. 미러볼들이 난분분하게 회전하는 사이키델릭한 공연장으로 떠밀려 들어온 느낌이었다. 사방을 방황하는 눈부신 윤곽들 때문에 정신이 없었다.

일견 예배당은 십자가에 매달린 구세주가 중앙 통로 맞은편의 제단 위에 걸려 있고, 중앙 통로 양쪽으로 장의자가 일렬로 비치된 일반적인 예배당의 구조와 비슷해 보였다. 그러나 또한 감독의 예배당은 일반적인 예배당의 구조를 우스꽝스럽고 잔혹한 방식으로 패러디하는 중이었다. 두리번거리는 마을 사람들의 입에서 아우성과 탄성이 터져 나왔다. 유치한 사기극에 휘말린 그들이 안쓰러웠다… 사기극, 그래, 예배당 전체가 기만적인 사기극이었다. 마을 사람들의 기대를 무참하게 우롱하기 위한 사기극.

천장에 매달린 프로젝터들의 장식적인 콘셉트는 아무래도 천사들이었던 것 같다. 원격 나그네새가 그러하듯 뻔뻔스러운 모조 깃털에 감싸인 채 발광하는 렌즈를 중심으로 여섯 갈래의 하얀 플라스틱 날개를 까딱거리는 외눈박이들이었다. 광채의 원통이 전후좌우로 분사되었다. 예배당의 내벽과 천장으로 요란한 박편들로 조각된 스테인드글라스와 장미창의 환영을 투사했다. 폭포수 같은 빛이 줄줄 미끄러졌다. 스테인드글라스와 장미창의 환영 사이에 다채로운 빛깔로 약동하는 프레스코화들이 연잎처럼 떠올랐다. 그가 출연했던 감독의 영화들이었다. 예배당 전체에 클로즈업된 채 입술을 달싹거리는 그의 꺼벙한 얼굴이 비눗방울처럼 떠다녔다.

영화 속에서 그는 수목원이나 해변, 골목길이나 계단 위를 걷고 있었다. 책가방을 메지도 않았는데 짐짝 같은 굴레에 짓눌린 병든 당나귀 같은 모습이었다. 그때 그는 감독이 주문한 동작을 멍하니 시연하거나… 급조한 혼잣말을 떠오르는 대로 구술했던 것 같다. 지루한 다큐멘터리 필름처럼 일상적이며 단조로운 동작들이 연속되었다. 배우로서의 그는 시큰둥하고 피로해 보였으며, 허둥지둥하는 것처럼, 굼지럭거리는 것처럼, 어눌하게 알짱거리며 빈둥거리는 것처럼 온갖 일상적이고 단조로운 동작에 대한 불성실함과 마지못함을 표현하는 중이었다. 하기 싫어 죽겠다. 하기 싫어 죽겠다는 의사만을 성실하게 피력하는 듯한 그는 여전히 비척거리며 수목원과 해변과 골목과 계단을 걷고 있었다. 가끔은 덩실거리는 춤을, 감독이 지시했으나 그는 어색해진 율동을 저주받은 구두 위에 올라탄 사람처럼 당혹스러운 표정으로 미친 듯이 추고 있었다.

넋이 나간 사람들 사이로 청년회장이 호루라기를 불었다. 군중의 그림자가 프로젝터 영상을 훔치며 중앙 통로로 전진했다. 금세 군중의 흐름이 와해되었다. 청년회장이 재차 호루라기를 불었지만 사람들은 뒷걸음질하거나 혼비백산한 상태로 문밖을 향해 뛰쳐나갔다. 이제는 누구도 온전한 정신으로는 예배당 안에 머무를 수없었다. 날갯짓하며 뒤채는 초파리들의 득실거리는 광란 속으로 돌입해, 윙윙거리는 소음과 함께 가까워지는 고약한 냄새의 근원에서 감독이 계획한 악의적인 이벤트로서 전시된 썩은 고깃덩어리의 실체를 확인했기 때문이다. 중앙 통로 끝의 십자가 위에 못 박힌 짐승은 수아였다. 고준경 씨의 불행한 암돼지, 재생산 노동에 실패하고 완공 기념식의 고기가 되는 일에도 실패한 수아. 수아는 옅은 분홍빛 미소를 띠고 있었다. 암녹색 시반으로 살갗 군데군데가 멍들었다. 겨드랑이가 목덜미가 으깨어져 녹아내렸고, 매장된 구덩이에서 막 파헤쳐진 것처럼 장밋빛 진흙에 절어 형체가 참담하고 징그러웠다. 땅속에서 부패하는 동안 누군가에 의해 무자비하게 꺼내져 십자가에 매달린 모양이었다.

　십자가의 수직선이 항아리처럼 불룩한 수아의 피하지방에 가려져 있었다. 수아의 다리는 인간의 사지보다 짧고 두꺼웠다. 따라서 관절을 반경 너머로 비틀어야만 여느 죄지은 인간처럼 십자가를 짊어지는 자세를 취할 수 있었을 것이다. 십자가는 인간의 육체에 알맞게 규격화된 장치였기 때문에 이는 수아에게 어울리거나 수아가 감당해야 할 형벌도 아니었다. 십자가야말로 인간만이 탑승할 자격이 주어지는 고문 도구인데, 그곳에서 비천함과 거룩함을 획득해 예배당에 내걸려야만 하는 존재란 깡마른 구세주여야 마땅했다. 그러므로 수아는 사체를 십자가에 억지로 결합시키는 인위적인 조작과 부조리한 재봉질에 의해 끔찍하게 승화된 채, 신성모독적인 정육점으로 뒤바뀐 예배당 한가운데로 솟아오른 십자가 모양의, 단지 십자가 모양일 뿐인 불결한 나무 도마 위에서 절규하고 있는 것처럼 보였다. 발골한 뒤 내장을 모조리 적출한 수아였다면, 박제되거나 여러 조각으로 해체되어 스티로폼 포장지에 담겨 냉장 보관된 수아였다면 동물의 사체가 위협적으로 느껴질 까닭이 없었겠지만 말이다. 수아의 몸뚱이가 붉은 나무 도마 위에서 수량화된 채 절단되는 추상적인 고기였다면 수아의 죽음은 자연스러웠을 것이다.

수아의 몸뚱이가 노출하는 분해의 과정 또한 적나라했다. 어떤 몸뚱이를 모조리 거름과 오물과 퇴비로 변신시킬 미생물과 구더기의 악다구니. 그것은 십자가 위에 결박된 생의 부산물 속에서 매 순간 다시금 살아나는 생태계의 풍요로움이었다. 유한한 존재가 그곳에서 번성하는 무한한 존재의 먹이이자 지평으로 변화하는 절차. 그 열띤 생명의 소음과 첨벙거리는 오물의 축제란 또한 여기서 살아 있는 자들을 음식물 찌꺼기의 일종으로 후퇴시키는 가혹한 멸시와 빈정거림이 아니었나. 감독이 저지른 짓은 수아에 대해서도 모독이었다! 그러나 모독이란 무엇인가. 불행한 암퇘지를 십자가 위에 매다는 것은 무엇이고 불행한 암퇘지에게 불행한 암퇘지의 역할을 수행하도록 만드는 것은 무엇인가. 감독이 마을 사람들을 얼토당토않은 함정 속으로 유인했다는 사실만은 틀림없었다. 그러나 더더욱 참을 수 없었던 것은 마을 사람들을 따라 예배당을 나선 이후에 벌어졌다. 앞뜰에 진땀을 흘리는 마을 사람들이 모여 있었던 것이다. 청년회장이 마을 사람들을 향해 호루라기를 불었다. 우리는 이겨내야 합니다. 청년회장이 주먹을 휘두르며 웅변하듯 말을 이어갔다.

　이게 다 무엇인지 모르겠지만 우리는 이겨내야 합니다. 이사장님께서는 우리 마을 사람들을 시험하시려는 겁니다. 공짜는 없다는 거지요. 당신의 테스트와 시련을 통과해야 예배당을 주시겠다는 거예요. 사체는 치우면 그만이에요. 우리는 우리의 예배당을 되찾아야 합니다. 고준경 씨, 수레를 가져오세요. 공삼식 씨, 사다리를 준비하세요. 우리가 직접 죽은 암퇘지를 십자가 위에서 끌어내리면 됩니다. 손은 지저분해지겠지요. 초파리들과 난전을 벌이느라 굴욕적인 기분을 느끼게 될 겁니다. 하지만 우리는 결국 저 혐오스러운 암퇘지에게서 우리의 예배당을 탈환할 수 있을 거예요. 이사장님은 우리 마을이 예전처럼 타성에 젖어 있는 꼴을 용납하실 수 없는 겁니다. 성공하신 분들이 그래요. 낙오자들의 게으름과 수동성과 비참한 패배주의를 열렬하게 증오하시죠. 낙오자들의 게으름과 수동성과 비참한 패배주의가 성공하신 분들의 눈에는 미끄덩한 똥구덩이 속을 구르면서 좋다고 신음하는 멍청한 암퇘지처럼 보인다는 말이에요.

원격 나그네새들이 담장 위에서 한꺼번에 날아올라 예배당 앞뜰을 선회했다. 마을 사람들이 공중을 치어다보던 찰나, 성난 원격 나그네새들이 마을 사람들을 습격하기 시작했다. 부리와 발톱을 치켜세운 채 날쌘 동작으로 마을 사람들을 쪼아댔다. 마을 사람들에 대한 개구리복 남자들의 앙갚음이었다. 마을 사람들은 표독스러운 원격 나그네새들의 날갯짓에 따귀를 얻어맞으며 허우적거렸다. 들이닥치는 비행체들을 뿌리치기 위해 기함하듯 양팔을 버둥거렸다. 절망의 춤사위가 마구 악장치듯 퍼져 나갔다. 마을 사람들의 몸부림을 기민하게 따돌리다 급작스러운 공습을 전개하는 원격 나그네새들은 마치 그런 만행을 위해 훈련된 무인기들처럼 민첩하며 망설임이 없었다. 아파. 너무 아파. 깃털들이 팔랑거리며 낙하했다. 마을 사람들은 닭장에서 한바탕 전쟁을 치

르고 나온 것처럼 색색의 모조 깃털을 뒤집어썼다. 청년
회장만이 이러한 아수라장의 틈바구니에서 빽빽거리며
호루라기를 불고 있었다. 우리는 이겨내야 합니다… 이
게 다 무엇인지 모르겠지만 우리는 이겨내야… 그러나
호루라기 소리 또한 목청 높여 창공을 바스러뜨리는 원
격 나그네새들의 신경질적인 지저귐에 선율을 더하는
시끄러운 고음의 일부에 불과했다.

　청년회장의 외침을 뒤로한 채 그는 도망치듯 펜션을
향해 빠른 걸음으로 걸었다. 날이 어둑해졌고, 부두 방
향의 뭉게구름 속에서 황혼이 아스라하게 하늘을 물들
였다. 그는 욕실로 들어가 세수를 했다. 가슴 포켓에 넣
어두었던 알약 봉지를 찢어 입속에 털어 넣었다. 입속이
텁텁해 알약이 목구멍을 쓰게 겉돌았다. 그는 수도꼭지
에 입을 대고 물을 마셨다. 티셔츠가 땀으로 척척했다.
그는 샤워를 할 생각이었으나 물을 마실 때는 미처 눈
치채지 못했던 수돗물의 빛깔이 탁한 흙빛이었다. 그는
양변기 위에 무너지듯 걸터앉았다. 이제부터 감독이 자
신을 촬영하는 일을 순순히 용인하지 않을 작정이었다.

　다행히도 욕실에는 창문이 없었다. V섬을 배회하는
어떤 원격 나그네새의 시선 속에서도 그를 찾을 수 없

으리라. 그는 타일에 머리를 기댔다. 누구도 들여다보지 못할 맹점 안에 웅크려, 비가시적이고 은닉된 욕실의 어둠 속에서 감독에게 항의하리라. 육지로 향하는 다음 배가 V섬으로 입항할 내일 아침까지. 그는 잠들고 싶었다. 시간을 생략하기에 가장 좋은 방법 또한 잠드는 것이었다.

*

그는 꿈속에서 나그네새를 토했다. V섬 남단의 해변이었다. 해변은 울퉁불퉁한 돌맹이와 부유물로 난장판이었다. 그는 자신이 어린 감독이 되었음을 어렵지 않게 납득할 수 있었다. 속이 메슥거렸다. 맨발로 해변 위를 걸어갔다. 고개를 숙이고 양손으로 무릎을 그러쥔 채 해변을 향해 구역질을 했다. 목구멍에서 몸통을 내밀고 아우성치던 나그네새가 바다 저편으로 날아갔다.

그는 바다로 뛰어들었다. 수온이 미지근했다. 포근하고 아늑한 침대 위에서 잠버릇으로 뒤척이듯 해수면 위에서 느리게 수영을 했다. 물결의 저항감을 유순하게 거슬렀다. 금세 가슴이 벅차올랐다. 이완된 상태로 다리를 슬슬 휘젓기만 해도 갈빗대 안에 뭉클한 부재가 환하게 들어차는 기분이었다. 몸이 파도에 호응해 나른하고 둥실둥실하게 떠다녔다.

당시의 어린 감독은 수시로 이러한 감격스러운 기분에 사로잡혔을 것이라고 그는 생각했다. 이유도 없이 어깨를 들썩이며 폭소하거나 갑작스레 콧물을 줄줄 쏟으며 오열할 수도 있었다. 감격 속에서 세계는 어떠한 이율배반도 없이 강렬하게 넘쳐흐르는 듯했다. 모든 감정이 환희와 닮아 있었다. 슬픔 또한 마찬가지였다. 충일하게 북받치는 슬픔이란 슬픔이 환희하는 것, 슬픔이 슬픔의 자격을 온당하게 누리면서 기뻐하고 있는 것이었다. 그는 내면의 불가해함을 용서할 수 있었다. 어떤 감정도 억누르거나 단속하지 않았고, 사실 너무 커다랗게 가슴속으로 확산되는 감격에 휩쓸리는 일밖에는 방법이 없었다.

내게 대체 무슨 일이 일어나고 있는 건가. 그는 생각했다. 어린 감독을 끌고 다니던 민감함의 과잉 속에서 마음은 뭔가를 맹렬하게 갈망하고 있었지만 또한 갈망하는 대상을 미리부터 충족하고 있는 것처럼 생각되었다. 마음은 햇살 속을 구르는 물방울처럼 깨질 듯한 위태로움으로 반향하는 둥글고 날카로운 보석이었다. 이러한 모순적인 서술을 이해하는 일이 어렵지 않았다. 그는 가까운 암초까지 헤엄쳤다. 몸에 붙은 물풀들을 대충 털어내며 바위 위로 기어올랐다. 해변 너머로 연둣빛 미광을 발하는 V섬이 있었다. V섬은 저기에 있었고, 그는 여기에 있었다! 어린 감독은 현상에 깃든 기적적인 새삼스러움을 하루에도 여러 차례 마주했을 것이다. 찌릿한 전율이 이마를 관통했다. 물기가 증발한 살갗이 모래와 소금기로 까슬까슬했다. 잠시 흐느끼다가 시간을 까먹었던 것 같다.

암초 주위로 우중충한 안개가 끼었다. 규칙적인 파도 소리만이 귓전을 나부낄 뿐 사위는 적막했다. 코앞이 침침했다. 날씨가 부쩍 싸늘해져 어깨가 움츠러들었다. 바다에 발목을 담그자 물이 얼음장처럼 차가웠다. V섬은 더 늦기 전에 되돌아가야 할 검푸른 그림자가 되어 있었다. 그는 몇 차례 가슴을 손바닥으로 두들긴 뒤 다이빙하듯 바닷속으로 입수했다. 잠시 뒤면 V섬으로 포탄 두 발이 낙하할 것이다. 제지할 수 없는 속도로 보랏빛 하늘을 가로질러 오는 포탄의 궤적을 목격할 것이다. 솟아오르는 잿빛 구름과 비산하는 불길이 야산을 타고 내려올 것이다. 하지만 그는 이러한 미래에 대해 아직은 무지했다. 거듭 강조하지만 꿈속에서 그는 어린 감독이었다. 때문에 어긋난 미래의 가능성을 상상하는 도중이었다.

나는 해야만 해. 나는 할 거야. 나는 당장이라도… 그는 점화된 충동 속에서 자신을 부르짖으며 독촉하는 듯한 검은 짐승의 으르렁거림을 들었다. 가슴이 두근거렸다. 추격할 수 없는 생각들이 깡충거리며 비약했다. 자신에게 최악인 일들을 향해 무모하고 돌발적인 방식으로 뛰어드는 경조증 상태, 그 쿵쿵거리는 리듬. 어린 감독은 조마조마하며 자신만만했다. 충동의 명령 속에서 그는 겁쟁이나 외톨이가 아니었다. 누구도 그를 막아서지 못할 것이다. 그에게는 하나의 허들이 있었다. 그 허들은 그가 곧이어 실천할 위반의 퍼포먼스를 위해 마련되었을 뿐 그를 제지하는 장애물이 아니었다. 그는 금지하고 만류하는 경계들을 신속하게 앞지를 것이다. 불확실한 미래로 협박을 하며 그의 의지를 저당잡아 익사시키는 두려움을 무찌를 수 있을 것이다. 왜 아니겠는가?

내가 검은 짐승을 풀어줄 거야. 나의 불쌍한 신이 예배당에 감금되어 있으니까. 그는 생각했다. 내가 검은

짐승을 그곳에서 꺼내줄 거야. 그날, 그러니까 V섬에 포
탄이 떨어지지 않았던, 영영 평화로울 밤에 대한 비현실
적인 상상 속에서, 그는 작은 망치 하나를 움켜쥐고 예
배당으로 잠입할 것이다. 예배당 안으로 검은 짐승의 씩
씩거리는 헐떡임이 메아리친다. 그는 갈빗대를 가격하
는 심장의 리듬에 따라 들고 있던 망치로 잠긴 목회실
의 문짝을 여러 차례 내리칠 것이다. 문짝이 부서진다.
그는 목회실 안쪽에서 울부짖고 있는 검은 짐승을 똑바
로 응시한다. 그는 주저하지 않는다. 울룩불룩하게 푸르
릉거리는 검은 짐승에게로 다가간다. 검은 짐승의 발톱
이 그의 옆구리를, 큼지막한 이빨이 그의 목덜미를 파고
들 것이다. 나는 할 수 있을 거야! 그는 검은 짐승의 강
건한 모가지에 매달린다. 거죽에 얼굴을 파묻은 채 검은
짐승에게서 풍기는 매캐한 암내를 들이마신다. 그는 검
은 짐승을 껴안을 것이다. 저는 당신의 먹이입니다. 저
는 당신의 허기와 괴로움을 보살피기 위해 자발적으로
이곳까지 찾아온 먹이에요. 저는 당신의 먹이임을 간절
하게 열망하는 것처럼 당신을 사랑합니다! 고백하고 실
신하면서, 검은 짐승의 난폭한 손길에 의해 갈기갈기 찢
기는 육체를 향해 마지막으로 내뱉어지는 숨결의 화끈

거림을 느낄 것이다. 나는 망치 하나를 들고 잠긴 문을 쳐부수기 위해… 그는 자신을 맹목적으로 충동질하는 단 하나의 생각만을 반복하며 안개가 자욱한 해상으로 검은 짐승처럼 엎드려 있는 V섬을 향해 나아갔다.

그리고 허공을 가르는 굉음이 들렸다. 창백하고 아찔한 눈빛과 함께 그는 검은 짐승의 옆구리를 향해 곤두박질하는 포탄을 보았다. 삽시간에 깨어난 검은 짐승이 물보라를 일으키다 바다 아래로 고꾸라졌다. 통곡하는 듯한 검은 짐승의 몸뚱이에서 수증기가 펄펄 피어올랐다. 그가 돌아가야 할 V섬이었다. 그를 향해 눈을 부라리던 검은 짐승의 시선이 점차 혼미해졌다. 형형하게 충혈된 검은 짐승의 시선에 담긴 형언할 수 없는 비애감과 강렬한 증오가, 손쓸 도리 없이 무력하게 살해되는 야성이 그에게로 분명하게 모아졌다. 검은 짐승의 거대한 몸뚱이에서 피가 샘솟아 바다 위가 새빨개졌다. 그는 유령선처럼 침몰하는 검은 짐승을 향해 다급하게 팔을 휘둘렀다. 그러나 자꾸만 자세가 뒤흔들렸다. 육중해진 파도는 아까와는 달리 V섬으로의 접안을 방해하듯 그의 몸짓을 밀어냈다. 그는 첨벙거리고 바닷물을 마시며 가쁘게 호흡하는 검은 짐승에게로 한없이 나아갔다.

　그 뒤엔 어떻게 되었을까. 꿈은 여기서 끝났으나 그
는 알고 있었다. 어린 감독은 불타는 야산을 내달렸다.
검댕으로 새까매진 얼굴을 하고 폭격을 맞은 예배당 앞
뜰에 도착했다. 연기와 잿더미, 화약 냄새, 궤멸된 성상
의 신체 파편들, 거무스름하게 가열된 시멘트 무더기들
앞에서 어린 감독은 꼬챙이를 들고 콜록거리면서 널브
러진 잔해들을 헤집고 다녔다. 잔해들 사이에서 검은 짐
승의 자취를 찾을 수 있으리라고 기대하면서, 화마에 휩
쓸린 미지의 신을 발굴하기 위해, 예배당의 문짝을 부수
고 대면하고자 했던 으르렁거리는 진실의 참혹한 유해
를 구조할 수 있으리라 생각하면서. 그러나 처음부터 검
은 짐승이란 어린 감독의 환영에 불과했다. V섬을 향해
내리꽂힌 재앙이 감독이 갈망하던 검은 짐승을 죽였던
것이다. 잔해들의 열기가 식어가는 동안 포탄이 날아온
방향에서 태양이 다시 떠올랐다. 폐허 속에 검은 짐승은
없었다. 알파벳 V를 닮은, 발사체의 꼭짓점을 요격한 예
배당의 잔해 위에 파묻은 검은 탄피가 휘날리는 연기의
가물거림 사이로 서서히 나타났을 뿐이었다.

5

그는 좌변기 위에 기진맥진하게 걸터앉은 채였다. 꿈에서 깨어나는 순간 감정의 정체와의 접점은 끊어지고 말았으나, 꿈이 사위어가는 온기로 가슴속에 희미하게 머물던 잠깐 동안의 쓰라림이 있었다. 그는 욕실 바깥으로 나갔다. 감독이 건넸던 V섬의 지도를 대충 구겨 호주머니에 넣었다. 커튼을 걷었다. 야심한 시각이었다. 깜빡 잠든 사이 짙게 부풀어 거무죽죽해진 야산의 형세가 창문을 넘어 객실로 엄습해 들어올 수도 있을 것만 같았다. 창밖에서 어렴풋한 비명 소리가 들렸다. 그가 욕실에 틀어박혀 있을 때부터 간간이 이어지던 소리였다. 왜 혼자 있는 모든 장소는 방음이 형편없는가. 그 소리는 고라니 같은 산짐승의 울부짖음을 연상시켰다. 으아, 으아아, 으아.

만약 원격 나그네새가 여전히 그를 미행하려 한다면? 그는 능청스럽게 히죽거리고 있을 개구리복 남자들이나 감독을 향해 눈을 부라리며 V섬의 지도를 불태울 것이다. 그러한 행동으로 영화에서의 퇴장과 함께 촬영 중단을 선언하고 감독에 대한 단호한 거부의 의사를 표명하리라. 그러나 지도를 불태우는 행위 또한 영화 속의 배역을 충실하게 이행하는 일로 수습되고 말리라는 생각이 그를 옥죄었다. V섬 안에서라면 그는 어떻게 행동해도 영화 속에 출연하는 인물의 입장에서 놓여나지 못할 것이다. 감독의 동공 속에 정박한 V섬, 어디든 출몰해 그를 냉담하게 부감할 권리가 있는 나그네새들.

객실을 나서자 시야가 캄캄했다. 가로등이나 민가의 불빛도 없는 전면적인 암흑이었다. 시야 속으로 부상하는 물체가 없었다. 때문에 그는 순간 눈을 감고 있는지 뜨고 있는지 어떤 쪽에도 자신이 없었다. 휴대폰에서 랜턴 기능을 터치하자 과밀해진 어둠에 파르스름한 빛의 구멍이 열렸다. 그는 펜션의 객실들 사이를 배회하며 찰캉거리는 문고리를 거칠게 돌렸다. 나오세요. 철문은 완강하게 잠겨 있었다. 감독에게 전해주세요. 이제 끝이라고요. 협조하지 않을 겁니다. 내일 아침이 되면 뒤도 돌

아보지 않고 V섬을 떠날 거예요. 그는 일방적으로 통보
했다.

　풀벌레의 울음소리가 청각적으로 명멸하는 별빛처
럼 어둠 속에서 지르릉거렸다. 여름밤의 냄새가 풋풋하
고 상쾌했다. 그는 랜턴의 불빛에 자신을 의탁하며 앞으
로 나아갔다. 향하려는 방향으로 불빛을 투사하고 있다
기보다는 불빛이 그가 응시할 수 있는 전부였기에 방황
하는 불빛이 도깨비불인 양 홀린 듯이 따라가고 있었다
고 서술하는 편이 적절했다. 펜션 주인은 아직 귀가하지
않은 모양이었다. 개집 앞에도 헐거워진 목줄과 세워놓
았던 의족이 그대로 있었다. 그는 까닭 없이 예배당까지
거닐고 싶었다. 무언가가 달라지지는 않았을까?

　여전히 거리감을 뭉개며 어둠의 변두리로부터 치솟
는 불분명한 아우성이 있었다. 그는 길가에서 엉거주춤
하게 걸음을 멈추고 전방을 향해 광선을 쏘았다. 누군가
불빛에 걸려들었다. 머리를 삭발한 청년 한 명이 고함을
지르며 그에게로 달려오는 중이었다. 숨이 가쁜 모양인
지 얼굴을 찌푸리고 있었으며 산란된 광채로 인해 몸동
작이 과장되었다. 상의를 탈의한 채 삼각팬티만 입은 채
였다. 청년은 그의 앞에 정지하지는 않았다. 청년의 묵

직하고 괴이한 외침이 그의 옆을 신기루처럼 스쳐 지나
갔다. 으아아.

　메아리가 쇠약해지고 뒤를 돌아보았을 때 내달리던
청년은 어둠에 포섭된 뒤였다. 잠시 뒤 후방에서 다급한
타박임이 느껴졌다. 다른 청년이 불쑥 곁을 침범했다.
랜턴을 멀찍이 비춘 곳에서도 뛰고 있는 청년의 맨다리
가 보였다. 채마밭에서 헐벗은 청년이 쪼그려 앉아 몸을
부들거리다 소스라치듯 일어나 어둠 속으로 내달려갔
다. 어딘가에서 한꺼번에 뛰쳐나온 양, 공황에 빠진 것
같기도, 토끼몰이를 하듯 함정에 걸린 그를 추적하거나
빙빙 맴돌며 겁을 주고 있는 것 같기도 한 젊은 남자들
이 V섬 도처를 몸서리치며 질주했다. 무언가로부터 도
망치고 있는 것 같기도 했다.

　그때 누군가 그의 손목을 덥석 움켜쥐었다. 손의 질
감이 투박하고 축축했다. 랜턴이 낯선 할머니의 얼굴을
아래쪽에서 비췄다. 울상으로 짜부라진 얼굴에 자글자
글하게 갈라진 주름들이 빛을 머금었다. 퀭하며 파리한
얼굴에 실성한 것처럼 눈동자가 흐리멍덩했다. 마을 회
관에서 마주쳤던 허춘옥 씨였다. 까슬까슬한 양손이 그
의 손 위에 포개졌다. 명수가 안 보여요. 우리 명수 어떡

해? 밥도 못 먹었을 텐데. 허춘옥 씨가 그렁그렁한 시선을 담아 그를 올려다보았다. 악력이라곤 느껴지지 않는 초라한 손이었다. 그러나 그는 허춘옥 씨의 손을 뿌리치는 일이 난감하고 어려웠다. 허춘옥 씨가 그의 손을 끌어당기며 애원했다. 명수를 찾아주세요. 우리 명수는 선량한 아이예요. 허춘옥 씨가 울먹거리며 말을 잇는 사이 저편에서 군복을 입은 다른 청년 두 명이 술에 취한 듯 우왕좌왕하며 뛰어왔다. 으아아. 허춘옥 씨가 청년들의 발걸음 소리가 멀어지는 저편을 향해 호소했다. 저를 도와주세요. 우리 명수는 착한 아이예요. 어젯밤에 산에 놀러 나갔는데…

*

　그러나 그는 허춘옥 씨를 지나쳐야만 했다. 손사래를 치면서, 허춘옥 씨, 저도 꼭, 꼭 찾아볼게요, 최선을 다해서… 그렇게 몇 번이나 약속을 남용하며 허춘옥 씨를 안심시켰던 것이다. 그는 걸었다. 허춘옥 씨가 혹독한 눈빛으로 그의 뒷덜미를 노려보고 있었을 것이다. 다음 날 부두에서 배를 탄다고 하더라도, 방금 맺은 허춘옥 씨와의 약속은 미미하지만 확실한 죄책감으로 한없이 연장되며 V섬과 그를 결속시킬 터였다. 그가 허춘옥 씨를 구슬린 다음 꽁무니가 빠져라 달아난 사람이라는 사실이 감독의 영화 속에는 반드시 찍혀 있으리라는 생각이 들었다.

그렇다면 밤새도록 우명수 군을 찾아 야산을 헤매는 배역을 연기할 수도 있으리라. 그는 생각했다. 밤새 야산을 뒤지고 들쑤시다 탈진한 몰골로 아침 배에 승선하게 된다면 뭐가 달라지는 걸까. 허춘옥 씨와의 약속은 V섬에 도착한 뒤 그를 향해 제공된 최초의 목적일 수도 있었다. 그에게는 기회가 주어진 것이다. 이 기회에 응답할 수만 있다면, 그는 더는 타인들의 무대인 V섬에서 시시때때로 불가해하게 육박해 그의 의지를 박탈하고 해산시키는 사건들을 청취하거나 관람하는 사람이기를 그만둘 수 있을 것이다. 책임과 의무에 속박된 채, 그에게 허용된 역할을 열렬하게 추구하는 인물로서의 몰입된 동기 속으로 굴러떨어지거나 그러한 동기를 짊어질 수 있을 것이다. 이러한 목적 또한 감독이 설계한 세트장 안에서의 표류에 불과하다고 하더라도. 그는 그것을 개의치 않을 만큼 배역과 자기 자신을 일치시킬 수 있을 것이다.

　그는 예배당 앞뜰에 이르렀다. 성상들의 모가지에 걸렸던 화환이 치워져 있었다. 그는 몇몇 눈감은 성상에 랜턴을 들이대며 서성거리다 성상의 표면에서 머리와 목을 분할하는 가느다란 실금 같은 균열을 발견했다. 접지된 자리에 사포질을 하고 유약을 발랐겠으나, 그것은 포격 사건 당시 부서졌던 성상의 머리를 새롭게 제작한 성상의 모가지 위에 옮겨 붙였던 흔적이었다. 그는 예배당의 창문으로 다가갔다. 슬그머니 창문을 열고 창틀의 가장자리 바깥으로 몸을 숨긴 채 예배당 안쪽을 들여다보았다.

　수아의 주검은 십자가에서 내려져 묻혔던 땅으로 되돌아간 듯했다. 노르스름하게 오염된 십자가가 비어 있었다. 장의자마다 V섬의 마을 사람들이 고정된 듯 미동 없는 자세로 조밀하게 모여앉아 있었다. 예배당 내부에 침체된 적막이 감돌았다. 늦은 시각까지 이사장을 기다리고 있는 걸까? 아무도 예배당을 훔쳐보는 그에게 주의를 기울이지 않았다. 이내 수직으로 반듯하게 치솟아 있던 모가지들 중 몇몇이 구부러졌다. 주억거리던 모가지들이 물기를 터는 새처럼 좌우로 세차게 요동쳤다. 긴

장해 굳어진 듯 뻣뻣한 모가지들 사이로 구부러진 모가지들은 줄줄이 토해내는 방언과도 같은 옹알이를, 음절들 사이가 느슨하게 풀어 헤쳐지는 듯한 주문을 웅얼거렸다. 해독할 수 없이 장황하게 읊조려지는 기도가 끝이 나면 그 구부러진 모가지들은 원래대로 경직되어 획일적인 부동성을 되찾았다. 연이어 다른 모가지들이 억압된 침묵을 해방시켰다.

만약 이것이 악몽이라면, 그는 악몽에 지각했기 때문에 교실 바깥으로 내쫓겨 양팔로 걸상을 받든 채 벌을 서고 있는 것만 같은 기분이었다. 어린 시절에 그랬던 경험이 있었다. 팔다리가 저리고 아팠다. 그는 창문 안쪽에서 진행되고 있는 수업을 부러워하듯 망연하게 엿보았으나 수업의 내용을 좀처럼 알아들을 수 없었다. 이것이 그에게 강제된 배역이자 역할이 아니었을까. 그는 V섬에 불시착한 채 V섬에 대해 배워가고 있었지만 마을 사람들과 자신 사이에는 무능력한 단절감이 자리해 있었다. V섬이나 감독에 대한 조금의 이해에도 도달하지 못했다는 사실은 새삼스럽지도 않았다.

그는 탐정도 범인도 아니었다. 언제부턴가 V섬이 그에게 말을 걸고 있었다. 그 말들은 수많은 이의 목소리가 혼합된 웅성거리는 잡음처럼 동시다발적으로 그에게 퍼부어지는 실마리가 유실된 혼란이었다. 모든 사건이 그의 눈앞과 귓전을 향해 범람했지만 그는 애초에 그것들 사이를 수렴하거나 거기 파고들 의욕이 없었다. 그는 실격된 서술자였다. 그는 자신이 V섬 안에 유폐된 채 V섬 밖으로 복귀하는 순간만을 기다렸다는 사실을 깨달았다. 퇴근을 기다리듯이, 모험이나 여행, 새로운 만남으로 이어질 수도 있었을 V섬에서의 하루가 그를 소진시키는 둔중한 일상적 중력 아래의 노역에 불과한 것처럼. 그리고 그는 자신이 V섬의 마을 사람들과 같은 재앙과 믿음을 공유하게 된다면, 자신 또한 저들처럼 예배당 안에 우두커니 앉아 불가해한 방언을 중얼거리게 되리라는 사실을 직감했다.

　십자가 아래의 단상에 세모의 유아차가 놓여 있었다. 세모는 아까부터 그곳에서 몸을 뒤척이며 공격적으로 컹컹거렸다. 그는 처음 V섬에 도착했을 때처럼 세모의 컹컹거림이 그가 다가서자마자 흔쾌한 환대로 전환될 것임을 알고 있었다. 그의 뒷덜미에 누군가의 손이 얹어졌다. 그는 기겁하며 뒤를 돌아보았다. 때에 절은 붉은 캡을 쓴 할아버지가 허리춤에 양손을 얹은 채 화가 난 것처럼 미간을 찌푸리고 그를 쏘아보았다. 마치 미성숙한 병사를 훈육하거나 나무라는 태도였다. 여기서 대체 뭘 하고 있는 거야? 왜 아직까지 어리숙하게 우물쭈물하며 시간을 낭비하고 있는 거야? 명령조의 성마른 말투였다. 그는 고개를 숙인 채 연거푸 사과했다. 죄송합니다. 죄송해요. 할아버지가 그의 멱살을 붙잡았다. 명수한테 큰일이 생기면 네가 책임질 거야? 가혹한 추궁과 비난이 그의 귓속으로 조각나 꽂혔다. 니가 하겠다고 했잖아. 죽고 싶은 거야? 진짜 죽는다는 게 뭔지 내가 보여줘야 해? 김구천 씨가 그를 윽박질렀다. 멱살이 잡힌 채 휘청거리는 그에게로 예배당 안에 있던 사람들의 시선이 결집했다. 그는 V섬의 한가운데에서 기죽은 장승처럼 침울하게 고개를 떨어뜨렸다.

*

(1) '검은 짐승'에 관한 해병들의 진술

군사 법정에 회부되어 재판을 받고 있는 해병들은 자정 무렵 자신들이 단체로 자행한 무단 영내 이탈의 원인이 주둔지 내부로 침입했던 검은 짐승 때문이라고 증언한다. 말을 맞춘 것처럼 공통된 경험을 진술한다. 비겁한 변명일 뿐이다. 쳐들어온 괴한의 정체가 만일 그들이 목놓아 성토하는 검은 짐승이 아니었다면, 예컨대 월남한 괴뢰군이나 무장 공비였다면 해병들은 변변찮은 저항이나 반격도 하지 못하고 끝까지 사수해야 할 군사기지를 적에게 상납한 셈이 되니까. 이 사건은 해병대 전체의 긍지와 명예를 실추시키는 꼴사나운 해프닝으로 오래도록 회자될 것이다. 해병들의 기강 해이가 심각한 수준에 이르렀다는 증거이기도 하다. 달리는 통닭처럼 홀딱 벌거벗은 채 괴성을 지르며 야산에서 걸음아 날 살려라 도망쳐 내려오는 해병들을 바라보던 마을 사람들의 심경은 어땠겠는가?

저지른 비행을 은폐하기 위해 이들이 검은 짐승에 대한 기억을 의도적으로 날조했는지도 모를 일이다. 검은 짐승이란 약물 복용에 의해 집단적으로 초래된 환각인 걸까? 최근 군 복무 중이던 연예인 U씨가 휴가 도중 자주 출입했던 클럽에서 불법 마약 유통과 관련한 범죄 사실들이 연달아 적발되었다. 군부대라고 해서 무조건 마약 청정 지대라는 고정관념을 철회할 때가 됐다. 평범한 파스로 둔갑한 펜타닐 패치가 부대 안으로 남몰래

반입되고 있었다는 음모론적인 가정이 몇몇 온라인 수사관들에 의해 제기되기도 했다. 그러나 해병들의 모발을 채취해 마약 성분을 검시한 결과 특이한 맥락을 도출하지는 못했다. 수사는 귀책이 묘연한 미궁 속에서 제자리걸음을 하고 있다. 당시의 상황을 면밀하게 검토해야 한다. 검은 짐승이 실제로 해병들을 습격했던 걸까.

그러나 누군가 검은 짐승이라고 불리는 난폭한 맹수를 V섬에 일부러 방사하지 않은 이상에야 해병들의 증언은 신빙성을 확보하기 어려워 보인다. 난폭한 맹수 한 마리가 섬 안을 버젓하게 활보한다면 어떤 일이 벌어질까. 그때 V섬은 맹수의 폭력이 잠정적으로 상존하는 장소, 사방이 바다로 에워싸인 막다른 궁지로 탈바꿈할 것이다. 함께 풀어놓은 사자나 호랑이와 더불어 콜로세움 안으로 내몰린 전쟁 포로들처럼 말이다.

며칠 뒤 야산의 지리에 밝은 마을 사람들이 자경단을 꾸렸다. 야산을 샅샅이 수색했다. 맹수의 발자취를 발견할 수는 없었으나 한 대원이 나무 우듬지에 올라앉은 검은 짐승을 목격했다. 기름칠한 듯 번들거리는 모피 속에서 불온한 실핏줄로 깨어진 검은 짐승의 눈빛이 대원을 내려다보았다. 숨이 멎을 듯했다. 용기를 내어 다시금 공중을 올려다보니 검은 짐승의 눈빛이란 나뭇가지 사이에 걸려 있는 창백한 보름달이었다.

V섬에서 해병들은 장기적인 수면 부족에 시달렸던 것 같다. 주둔하던 해병 열 명이 두 명씩 짝지어 위병소 근무에 투입된다고 했다. 야간에는 열 영상 장비가 비치된 감시 기지 근무와 불침번 근무를 병행한다. 로테이션은 스물네 시간 동안 예외 없이 진행된다. 게다가 일과 도중에 감당할 잡무나 훈련까지 합치면 이들의 생활 리듬은 이전부터 돌이킬 수 없이 망가져 있었다고 했다. 뙤약볕에 짓눌린 여름의 제초 작업과 진지 공사 등으로 최근의 피로도가 상당히 높았다고. 한낮의 지하철역에서 제 그림자를 상대로 주먹을 먹이며 부재와 난투극을 벌이는 한 참전 용사를 보았다. 그 노숙인도 해병들처럼 낡은 육각모를 쓰고 있었다. 결국 그는 허깨비를 때려눕히는 일에 실패했고, 주먹으로 제 얼굴을 가격하면서 스스로를 쓰러뜨렸다.

무단 영내 이탈 사건이 일어나기 하루 전날 감시 기지에서 장비를 운용하던 해병 한 명이 수상한 형체를 포착했다. 절그럭거리는 철제 의자에 찌뿌둥하게 앉아 있으면 모니터 속의 잿빛 분말들이 몽롱하게 흩날려간다. 흑백의 프레임 속으로 출현하는 V섬의 암벽이나 바다는 불분명하게 번진 그을음이나 바람에 유실되는 모래성처럼 보인다. 저화질의 정체된 음영들이 조향대를 움직이는 해병의 손짓에 의해 주름져 흐트러진다. 열상 물체는 희끄무레한 배경 속에서 음화 같은 검은 그림자로서 나타난다. 선임병은 책상에 엎드려 코를 골며 잠들어 있었다. 미심쩍은 형체를 목격한 사람은 선임병 옆에서 정좌한 채 모니터를 주시하던 이등병이었다. 그러나 대부분의 이등병의 처지가 그러하듯 수상한 형체를 포착했다고 하여 잠자는 선임병의 코털을 건드릴 수는 없는 노릇이었다.

몇 년 전 다른 섬에 위치한 감시 기지에서 헤엄치는 돌고래를 침투하는 무장 공비로 오인해 사단 전체에 비상이 걸렸던 우스운 해프닝도 있었다. 샤워할 때마다 공벌레처럼 돌돌 말려 있어 뭔가 어리버리하게 생겼다는 평가를 받는 음경의 모양 때문에 꿀밤을 맞고 치욕스러운 젖꼭지 꼬집기를 당해야만 하는 이등병에게 그런 민폐를 저지를 담력이 있을 리 만무했을 것이다. 이등병은 수상한 형체를 선임병에게 보고하지 않았다. V섬의 해안은 언제나 한산하고 평화로웠다. 포탄이 떨어진 적도 있었다고는 하는데 나이가 어린 해병들의 입장에서 호랑이 담배 피우던 시절의 기억을 체감하기는 쉽지 않았을 것이다. 기억은 망각될 것이다. 이곳에 무언가를 망각한 사람들이 존재했다는 사실까지가 망각되면 한 시기가 종언을 고한다. 권태와 싫증이 왜소한 잔여로 남은 흔적의 완전한 자멸을 촉진할 것이다. 누구도 V섬으로 잠입하지 않는다.

　V섬으로 파견되기 전까지 낙천적이고 의젓하던 해병들도 어두침침한 조명에 짓눌린 새벽의 감시 기지에서는 영혼을 강탈당한 백골 같은 표정으로 화면 조정 영상처럼 부글거리는 모니터를 둔감하게 바라보게 된다. 이것은 순찰이나 경비 업무도, 야음을 틈타 군사분계선을 건너오는 누군가를 예리한 눈으로 색출하는 절차도 아니다. 허공을 나른하게 몽유하는 적외선 카메라의 시선을 바라보고 있으면 그게 누구든 만성화된 지긋지긋함의 원형적인 형상으로 변한다. 같은 자리에서 수천 번이나 우둔하게 반복되었을 하품과 기지개를 떠올리면 해병들 사이의 개별적인 특성은 간단하게 무화된다. 혼미하게 너울거리는 모니터 속의 전자 폭우가 시력

과 더불어 경계심, 집중력, 주의력, 유머 감각, 대상을 향해 흥미를 느끼는 능력 따위를 점진적으로 앗아간다. 모니터 속으로 흑백의 포말이 쏠려간다. 해병들은 테두리가 희박하게 마모된 대상 전반에 대한 방심과 무관심, 무언가를 가늠하고 인식하는 일에 대한 근본적인 무용성을 지각하게 된다. 십여 년 전의 지겨움과 오늘의 지겨움이 도플갱어처럼 닮아 있다는 사실만이 이 단조로운 근무의 위안거리가 된다.

감시 기지에서의 유일한 낙이 있다면 바위 해안을 어슬렁거리는 동물들의 검은 그림자일 것이다. 삭막한 모니터에서 그나마 살아 움직이는 무언가를 구경할 수 있는 순간이기도 하다. 조리개를 당겨 화면을 확대하면 고양이나 너구리 같은 야행성 동물의 그림자가 해안을 유유자적하게 산책하는 모습을 감상할 수 있다. 그 모습은 조금 감동적이기까지 하다. 인간의 시선이 차단된 곳— 인간의 기척을 감지했다면 그들은 재빨리 달아났을 테니까—에서 이루어지는 그들의 순조롭고 안온한 일상적 동작을 관찰하는 기쁨을 느낄 수 있기 때문이다. 인간의 시선이 밝히지 못한 암흑 속에서도 모든 짐승의 삶이 저렇게 비밀스럽게 영위되고 있을 것이라는 사실이 다행스럽고 애틋하게 여겨진다. 대체로 이런 감정은 감시 기지에서의 근무가 길지 않았던 이들에 한정된다. 근무한 날짜가 축적되어 만사가 귀찮아지기 시작하면 이런 감정도 금세 사그라지는데, 피로와 스트레스가 감퇴시키는 인간의 능력들 가운데 유실되는 정도가 가장 커다란 것은 누가 뭐래도 매혹되는 능력일 것이다.

그날도 이등병은 바위 해안을 소요하는 동물들의 그림자에 정신이 팔려 있었다. 잠시 후 조종간을 왼쪽으로 이동시켰을 때 이등병은 광선의 지지직거림 속에서 바위 해안을 기어오르는 검은 짐승의 생경한 그림자를 목격했다. 검은 짐승은 물기를 털어낸 뒤 직립한 채로 바위 해안 위에 서서 주변을 하릴없이 둘러보다 네 발로 엉거주춤하게 엎드렸다. 느릿느릿하게 해안을 통과했다. 저벅거리는 동작이 어딘가 사람과 유사해 보였으나 비죽 내민 주둥이나 모피에 뒤덮인 듯 펑퍼짐한 음영이 영락없는 짐승을 연상시켰다. 곰? 늑대? 커다란 개? 여러 가능성을 고려했지만 명확하게 들어맞지는 않았다. 그때였다. 검은 짐승의 그림자가 위축된 것처럼 얄팍해지며 바람 빠진 고무보트처럼 편평하게 펼쳐졌다. 곧 안쪽에서 작은 인간의 그림자들이 검은 짐승의 그림자를 탈피하며 바깥으로 빠져나왔다.

　하나의 그림자가 여러 명의 난쟁이 그림자들로 연달아 분열했다. 난쟁이 그림자들은 아장거리며 바위 해안에서 서로가 서로를 뒤쫓는 술래잡기를 했는데, 달밤 아래에서 그들만의 은밀한 자유를 만끽하고 있는 것처럼 보였다. 카메라의 해상도가 저조해 줄무늬나 스크래치가 죽죽 그어진 V섬의 바위 해안이 중력의 밀도가 낮아 풍선처럼 대기를 유영할 수 있는 우주 저편의 바위 행성이라도 되는 양 덤벙거리며 폴짝거릴 때마다 허공으로 가벼이 떠오르기까지 했다. 이등병은 두 눈을 문질렀으나 그들은 환영이 아니었다. 실컷 뛰놀던 난쟁이 그림자들은 다시 검은 짐승으로 합쳐졌다. 난쟁이들이 검은 짐승의 거죽과 탈을 뒤집어쓴 채 군무를 추듯 보폭을 맞추고 서로를 거들면서 검은 짐승의 동작을 시늉하고 있는 것만 같았다. 이내 검은 짐승은 허정거리며 야산을 향해 사라져갔다. 그러나 이때까지도 검은 짐승은 적외선 카메라 속에서 나타난 닮은꼴의 유희, 평면적이며 실체가 없는 그림자극에 불과했다.

　상기한 이등병의 착란적인 진술에서 주목을 요하는

부분은 당연하게도 영내에 사병들 간의 위계적인 폭력
과 부조리가 만연해 있었다는 사실일 것이다. 해당 이등
병의 갈빗대나 옆구리에도 선임병의 구타로 인한 것으
로 추정되는 푸르뎅뎅한 울혈이 남아 있었다. V섬 같은
변방의 폐쇄된 장소들이란 자살이나 폭행 치사 사건 같
은 끔찍한 비극이 벌어지기 용이한 환경이기도 하다. 이
들에게 V섬은 위에 서술한 바 있는 막다른 궁지처럼 자
신을 구타하거나 살해하려는 이와 동침하고 식사를 같
이 해야만 하는 절망적인 공간이었을 것이다. 그렇다면
검은 짐승이 이들의 절망을 외부로 알리기 위해 영내로
침입했던 걸까?

　검은 짐승의 출입로는 어디였을까. 해병들은 저마다
별개의 장소에서 검은 짐승과 맞닥뜨렸다. 취침 시간이
되어 생활관을 소등한 뒤 후임병 셋은 환복하지 못하고
침상에 무릎을 꿇고 있었다. 자정이 될 때까지 이부자
리에 누우면 안 된다는 선임병의 명령이 있었기 때문이
다. 선풍기가 끄덕거리며 돌아갔다. 선임병들은 옷을 벗
어던지고 팬티 차림으로 잠들었다. 생활관 컨테이너 바
깥에는 불침번이 철문에 등을 기댄 채 윙윙거리는 파도
소리를 들으며 모기에 물린 얼굴을 벅벅 긁고 있었다.

어둠 저편으로 무성한 풀이 덥수룩하게 휘갈겨졌다. 곧 얼크러진 덤불 속에서 뭔가가 사각거렸다. 덤불이 기침하듯 잡풀들을 뱉어냈다. 불침번은 덤불을 향해 손전등을 비췄다. 덤불이 안쪽으로부터 꿈틀거렸다.

그때 불침번의 전자 손목시계에서 알람이 울렸다. 다음 차례의 위병소 근무자와 감시 기지 근무자를 깨워야 할 시간이었다. 불침번은 생활관 철문을 열었다. 뒷덜미로 거대한 나무늘보 같은 검은 짐승의 형상이 미끄러졌다. 검은 짐승은 개방된 철문을 통해 생활관으로 진입했던 걸까? 그러나 후임병들은 창문 밖에서 도롱뇽처럼 살갗이 매끈한, 불그스름한 눈에 귀밑까지 갈라진 입술 바깥으로 혀를 날름거리는 검은 짐승을 먼저 보았다. 비몽사몽한 상태로 이부자리에서 뒤척이던 선임병 둘이 불침번 근무자의 배후에서 생활관을 점령한 고양잇과 짐승을 동시에 발견했다. 북실북실한 털이 낙뢰에 맞은 듯 쭈뼛거리며 곤두서 있었다. 검은 짐승의 몸뚱이에서 전율하는 불똥이 확확 튀었다. 불침번 근무자의 시선 속에서 검은 짐승은 피투성이가 된 생쥐를 물고 있었다.

해병들은 까무러칠 듯이 악을 쓰며 허겁지겁 기상했다. 잡히면 잡아먹힐 거야. 목덜미를 물려 숨통이 끊어

지면 검은 짐승의 발톱과 이빨이 살갗을 할퀴고 내 창
자를 도륙할 거야. 검은 짐승의 갈급하고 비정한 굶주림
과 합의하거나 거래를 주고받는 일은 불가능할 거야. 해
병들은 생각했을 것이다. 검은 짐승은 선처를 구하거나
자비를 바랄 수도 없는 절대적인 타자일 거야. 검은 짐
승은 어떤 머뭇거림이나 연민도 없이 자신의 굶주림을
순수하게 긍정하면서 나를 먹을 거야. 검은 짐승은 나를
착취하거나 지배하려는 것이 아니라 단지 나를 먹으려
는 거니까. 나는 검은 짐승을 살찌우는 고기이니까. 나
는 퇴비이자 응고된 똥으로서 V섬 안으로 스며들 거야.
내가 시원한 맥주로 갈증을 달래듯이, 아이스크림을 할
짝거리듯이, 질긴 육포를 씹거나 고소한 국물을 들이키
듯이 검은 짐승은 내가 체험했던 그런 소박한 감각들을
나의 육체를 먹으면서 똑같이 느끼고 있을 거야.

　해병들은 생활관 밖으로 달아났다. 검은 짐승이 그들
을 추격하고 있으리라는 망상과 공황에 사로잡힌 채 수
풀 속을 정신없이 주파했다. 달아오른 어둠의 전역이 검
은 짐승이 은신한 장소, 지체 없이 그들의 발치까지 다
가와 목숨을 빼앗을 잔혹한 짐승이 도사린 장소가 되어
있었다. 마을까지 내려온 해병들은 좁다란 우리 안에서

강박 행동을 하는 침팬지처럼 V섬 마을을 어지러이 도
주했다. 개중 몇은 방파제 아래로 뛰어내렸다. 수영을
하며 검은 짐승이 건너오지 못할 암초를 향해 나아가기
도 했다. 검은 짐승은 위병소 앞이나 감시 기지 근방에
도 출몰했다. 위압감을 느끼며 뒷걸음질하던 해병들에
게로 묵묵히 걸어왔다. 보초는 소총을 내팽개친 채 옥
외 화장실로 달아나 부스를 잠갔다. 검은 짐승의 그림자
가 부스 아래쪽 틈새의 타일 바닥을 비질하듯 지나갔다.
감시 기지 근무자들 또한 검은 짐승이 철문을 내리치는
바람에 아침이 오기까지 감시 기지 안에서 궁상맞게 쪼
그려 앉아 몸을 떨어야만 했다.

　주둔지를 점거한 검은 짐승은 한 마리였을까? 해병
들의 횡설수설을 바탕으로 추측할 때 검은 짐승은 무리
단위로 주둔지를 기습했던 것 같다. 해병들이 진술하는
검은 짐승의 생김새 또한 판이할 정도로 엇갈린다. 풀숲
사이를 구불거리며 기어가는 검은 짐승. 어깻죽지에는
맹금처럼 길쭉하게 펼쳐진 날개가 있다. 그것은 대지를
딛고 일어선, 두 갈래로 갈라진 뿔이 있는 미노타우로스
였는가 하면 토실토실하게 거대화한 애벌레이기도 하
다. 검은 짐승은 이들이 저마다 목격한 다종다양한 짐승

들을 광범위하게 포괄하는 이름이다. 그림자를 통해 실체의 전모를 투명하게 포착하는 일이 가능하지 않듯이, 검은 짐승은 나풀거리는 베일에 가려진 수많은 맹수의 집합일 것이다. 베일의 표면으로 그림자가 불어난다. 배후에서 으르렁거리는 맹수들이 인간을 급습할 실체로 변신하기를 기다린다. 그러나 베일을 걷고 나온 검은 짐승이 목에 걸린 생선 가시 때문에 낑낑거리는 조그마한 고양이 한 마리인지도 모를 일이다.

(2) '검은 짐승'에 관한 우명수 군의 진술

떠돌이 개들과 숨바꼭질을 하는 와중에 날이 이슥해졌다. 우명수 군이 떠돌이 개들에게 인사했다. 안녕. 내일 아침에 다시 놀자. 우명수 군이 점박이 개의 턱밑을 만지작거렸다. 점박이 개가 고개를 까딱거렸다. 야산 도처에 숨어 있던 떠돌이 개들이 우명수 군에게로 다가왔다. 우명수 군. 엄마는 잘 지내시지? 점박이 개가 말했다. 우리 엄마는 죽었어. 우명수 군이 대답했다. 그래도 나는 엄마가 밉지 않아. 나는 엄마가 그리워. 죽어 있다는 건 어떤 느낌일까? 그곳에서도 여름에는 풀이 우거질까? 죽은 다음에도 계절이 살아 있는 것처럼 매일이 달랐으면 좋겠어.

　아니 네 엄마 말고 우리 엄마. 점박이 개가 소심하게 웅얼거렸다. 우명수 군이 대꾸했다. 세모는 네가 자랑스럽대. 친구도 많이 생겼다고 전했더니 활짝 웃으시더라. 나도 멋진 아들이 되고 싶어. 우명수 군이 어깨를 으쓱하며 가슴을 주먹으로 내리쳤다. 요즘 운동도 열심히 하고 있어. 팔굽혀펴기. 점박이 개가 시무룩하게 한숨을 내쉬었다. 우명수 군, 왜 엄마를 만나러 갈 용기가 없을까? 엄마는 내가 자기를 버렸다고 생각할까? 사랑하는 존재의 곁에 있으면 내가 사랑하는 존재를 괴롭히고 있지 않은지를 가장 먼저 생각하게 돼. 우명수 군이 점박이 개를 달랬다. 내가 장담한다니까. 그냥 보고 싶으시대. 점박이 개가 품으로 칭얼거리듯 파고드는 바람에 우명수 군은 마치 선물을 받은 기분이었다.

　우리 대왕께서 너를 초대하셨어. 떠돌이 개들이 우명수 군에게 말했다. 우리 대왕께서는 조심성이 많으시거든. 원래는 자신을 드러내는 일을 매우 꺼리셔. 우리가 저녁마다 궁전으로 돌아가서 매일 너랑 놀다 왔다고 보고했는데 그동안 내심 부러우셨던 모양이야. 왕이라서 짊어진 책무와 왕관의 무게가 막중하시거든. 섬의 미래에 대해 종일 진지하게 근심하셔야지. 체통과 위엄을 지켜야 해서 우리처럼 야산을 쏘다니며 법석을 떨거나 흙먼지를 뒤집어쓰지도 못해. 그냥 걸을 때에도 우리로서는 어눌하게 뚝딱거리는 것처럼 보이는 제왕적이며 우아한 풍모를 견지하시느라 삶이 고단하시지. 안전한 장소에서 우리들의 섬김과 돌봄을 받으셔야지. 우리처럼 함부로 모험하고 아무나와 정이 들어 어느 화목한 가정에 입양되지도 못해. 낯선 존재임을 감수하면서 소외된 채로 경이로워지는 것, 공포스러워지는 것. 그것이 우리 대왕님의 소명이라고 할 수 있겠지. 얼마나 쓸쓸하실까.

우명수 군을 데려오너라. 과인도 우명수 군을 만날 자격이 있노라! 평소에는 감정을 잘 절제하시는 분인데 오늘따라 막무가내로 어리광을 피우는 것 같더라. 왜 이러실까. 외로우신가? 직접 행차하시겠다고 엄포를 놓으시는 바람에 전하의 명령에 항의하느라 모진 고초를 겪었지. 제발 통촉하세요. 전하께서 친히 우명수 군이 사는 마을로 왕림하시는 건 천부당만부당한 일이라고요. 처음에는 전하의 압도적인 기품에 외경심을 느낄 마을 사람들도 곧이어 외경심을 극복할 거고요. 전하를 폄하하기 시작할 거예요. 결국엔 전하를 포획하거나 섬멸하기 위해 우리가 거주하는 지하 궁전을 침략하겠죠. 인간은 대개 그래요. 불편함을 물리치기 위해서라면 어떤 외경심도 저버리는 주제넘은 족속들이란 말이에요.

우명수 군은 예전부터 개들의 대왕을 만날 날을 학수고대했던 터였다. 대왕의 초청을 반갑게 수락했다. 우명수 군은 예를 갖추시오. 평소에는 혀를 비죽 내밀고 촐랑거리며 우명수 군에게 애교를 부리던 떠돌이 개 한 마리가 근엄한 말투로 선언했다. 목소리가 쩌렁쩌렁했다. 너도 할 때는 하는구나. 우명수 군은 당당하게 대왕의 명령을 대리하는 떠돌이 개를 속으로 기특해하며 무릎을 꿇고 공손하게 절을 했다. 김선화 씨의 장례식에서 절을 할 때의 예법을 배웠던 것이다. 떠돌이 개들이 숙연하게 묵례했다. 김구천 씨와 허춘옥 씨의 손자이자 김선화 씨의 아들 우명수. 극진한 마음을 담아 대왕을 영접할 준비를 하라.

우명수 군은 깊숙한 야산으로 안내되었다. 떠돌이 개들의 둥실둥실한 엉덩이가 우명수 군을 호위했다. 털복숭이 개들이 뭉게뭉게. 마치 구름에 실려가는 기분이었다. 떠돌이 개들이 울퉁불퉁한 바윗돌 틈새의 골짜기로 미끄러졌다. 수직굴인가 싶었는데 골짜기 아래로 내려서자 평평한 통로가 있었다. 우명수 군은 깜찍하게 달랑거리는 떠돌이 개들의 꼬리를 쫓아 포복 자세로 통로를 기어갔다. 통로는 어둡지 않았다. 내벽에 연둣빛으로 은은한 미광을 발하는 천연 안료가 발라져 있는 듯했다. 문제는 추위였다. 통로 안쪽으로 접근할수록 으슬거리는 한기가 우명수 군을 휘감았다. 지하 세계는 얼음의 나라일까?

우명수 군이 V섬으로 이사를 왔을 때만 해도 야산에는 칼바람에 결빙된 눈이 지천으로 깔려 있었다. 첫 새싹이 났을 때쯤 우명수 군은 서글픈 꿈을 꾸던 밤마다 이부자리에 오줌을 싸던 버릇을 고쳤다. V섬이 항해를 하고 있다는 사실을 알고 있니? 떠돌이 개들이 소곤거렸다. V섬의 조타수는 우리 대왕이시지. 사람들은 불멸을 모든 것이 결정된 상태처럼 상상하지만 영원에 비근하는 기나긴 시간 동안 모든 것은 조금씩 움직이는 법이야. 움직이는 것들의 단 한 순간 속에서, 대양을 떠가는 조각배처럼 가벼운 시간의 파편 위에서 우리가 탄생하는 거지. 그리고 영원은 시간 속을 표류하는 모든 조각배를 난파시키지 않을 거야. V섬이 출항한 장소는 북쪽에 있던 얼음의 나라였다고 했다. 우리 대왕께서는 그 때부터 지하 세계에 거주하며 V섬을 다스리고 계시지.

턱이 딱딱거릴 만큼의 매서운 추위였다. 앞장선 개들의 입김에 우명수 군의 입김이 뒤섞여 통로가 안개 속이었다. 통로가 마무리되는 장소에 널찍하게 트인 동굴이 있었다. 종유석이 목책처럼 빼곡하게 자라나 있었고, 내부를 우왕좌왕하는 떠돌이 개들이 컹컹거리며 하울링을 하는 바람에 으스스한 함정에 빠진 기분이 들었다. 너희들 날 납치했던 거야? 진짜 그런 거면 가만 안 둬. 우명수 군이 팔짱을 낀 채 발을 동동거렸다. 동굴 저편에 분기하는 통로들이 있었다. 네가 우리 대왕님을 알현할 장소는 저기야. 점박이 개가 턱짓으로 오른쪽에서 세 번째 동굴을 가리켰다. 옷을 다 벗어. 지저분해질 수도 있으니까.

우명수 군은 개들이 시키는 대로 알몸이 되었다. 소금을 구하러 집 밖으로 내쫓긴 오줌싸개 같았고, 갈라지는 빙판처럼 정신이 쨍했다. 우명수 군은 차가운 돌바닥 위를 맨발로 팔짝거리며 오른쪽에서 세 번째 동굴로 들어갔다. 진입로부터 촉촉한 훈기가 피부로 전해졌다. 오톨토돌하게 돋아났던 소름이 가라앉았다. 곧이어 연못처럼 둥근 바위 울타리로 구획된 진흙탕이 나왔다. 초콜릿 같은 색깔이었다. 용암처럼 보글거리는 수면 위에서 입욕제로 띄워진 듯한 시든 연잎이나 개구리밥이 물결쳤다. 진흙탕 위로 증기가 올랐다. 가스처럼 뿌연 녹색이었다. 여기가 우리 궁전에서 가장 따뜻한 곳이야. 너희 사람들로 치면 대중목욕탕이라고 할 수 있겠네.

진흙탕 속으로 잠수한 떠돌이 개들이 입을 헤벌린 채 물장구를 쳤다. 마구 장난치며 서로의 등어리에 올라탔다. 몇몇 떠돌이 개들은 얼굴만 내놓은 채 노곤하게 눈을 감고 있었다. 우명수 군도 더는 추위를 견딜 수 없는 상태였다. 진흙 온천에 알몸을 담갔는데 금세 정신이 몽롱해지고 이마가 화끈거렸다. 우명수 군은 아늑하게 데워진 진흙의 감촉을, 진흙탕 속으로 누긋하게 퍼지는 소변의 감각을 느끼며 멍하니 앉아 있었다. 개들에게 괜스레 흙으로 빚은 공을 투척하다 뒷발질로 진흙을 호되게 얻어맞기도 했다. 진흙이 비산했다. 얼굴이 물큰해졌으며 코가 매웠다. 그렇게 진흙과 썩은 잎에 버무려진 채 대왕을 기다리던 와중이었다. 이내 안면으로 검은 털이 수북하게 자라난 대왕이 통로 한가운데로 모습을 드러냈다. 헝클어진 털들이 수령이 오래된, 천년 동안이나 얽혀 분리될 수 없이 긴밀하게 결합된 덩이뿌리를 떠올리게 했다.

우명수 군은 통로를 장악한 대왕을 올려다보며 얼떨떨한 듯 눈을 껌뻑거렸다. 대왕은 웅장한 몸뚱이를 가누지 못하고 뒤뚱거렸다. 고목이 뿌리째 들썩이는 듯했다. 저편에 우명수 군이 몸을 담근 욕탕과 똑같은 생김새의 움푹한 구덩이가 있었다. 쿵쾅거리며 구덩이까지 나아간 대왕은 이내 구덩이 안쪽으로 검은 얼굴을 들이밀었다. 천둥 같은 울부짖음과 함께 구역질을 하는 대왕의 벌어진 입에서 질퍽질퍽한 토사물이 구덩이 안으로 끼얹어졌다. 게워낸 토사물이 구덩이 안으로 차올랐다. 소화되지 못한 낙엽과 나뭇가지들, 형체가 온전하게 보존된 새 둥지 몇이 울렁거리는 토사물에 쓸려 내려왔는데, 느릅나무 한 그루를 씹지도 않고 송두리째 삼키다 배탈이 난 모양이었다. 대왕을 시종처럼 따르던 구렁이들과 멧돼지들이 새로 생긴 녹진한 욕탕 속으로 입수했다. 우명수 군은 구렁이들과 멧돼지들과 떠돌이 개들이 뒤섞인 목욕탕에서 함께 땀을 흘리고 멱을 감았다.

대왕이 진흙에 젖은 우명수 군을 들어 올렸다. 네가 우명수 군이로구나. 우리 식솔들이 입이 닳도록 너를 칭찬해서 어떤 녀석인지 궁금했다. 과연 씩씩한 아이로구나. 우악스럽게 불끈거리는 팔뚝이었는데 작은 병아리를 다루듯 조심스레 우명수 군을 끌어안고 있는지 매달려 있는 품속이 포근하고 든든했다. 대왕님, 저를 초대하신 이유는 뭐예요? 우명수 군이 물었다. 내가 아이들을 초대하는 이유는 이야기를 들려주기 위해서란다. 네가 태어나기 전부터 계속되었던 이야기. 대왕이 대답했다. 대왕님, 꼭 생김새가 마리모 같아요. 마리모치고는 너무 쑥쑥 커다래지고 말았네요. 우명수 군이 대왕의 털을 손가락으로 긁었다.

아득한 과거에 V섬은 하얀 포말 속에서 솟아난 조개껍데기였다. 창창한 밤하늘 위로 하늘거리던 보랏빛 오로라가 더는 보이지 않게 된다. V섬은 남쪽으로 행진하라. 수심 아래의 마그마가 주름진 마법의 양탄자처럼 V섬을 운반한다. 수만 마리의 새들이 머물다 떠난다. 바닷속의 짐승들이 V섬의 해안에 기대어 일광욕을 하다 지느러미가 퇴화한다. 물 밖의 중력을 견딜 수 있는 새로운 허파가 짐승들의 폐부에 붉은 열매처럼 통통하게 매달린다. 짐승들이 코를 벌름거리며 육지의 싱그러움을 흠향한다. V섬 전역에 퍼진 녹황색 이끼들 속에서 꽃들이 움튼다. 수만 년 전에 V섬을 바다에 침몰시킬 뻔했던 기록적인 폭우가 있었다. 그때에도 지금처럼 날이 화창하게 갠 다음엔 하늘 위로 무지개가 떠올랐을 것이다. 짐승의 뼈들이 V섬에 쌓인다. 부식된 뼈들이 해안에 뿌려지고, 그 뼛가루들은 오늘 금빛으로 번쩍거린다. 인간이 V섬에 정착하기 전에도, 단잠을 자고 일어난 인간의 눈동자처럼 밤새 맑아지는 영롱한 이슬이 V섬의 풀잎 위를 굴러다녔을 것이다.

지진으로 지하 궁전의 지붕이 거세게 뒤흔들렸다. 떠돌이 개들이 다급하게 증언하기를 야산이 불바다가 되었다고 했다. 대왕은 야산의 짐승들을 임시 방공호가 된 지하 궁전으로 피난시켰다. 불길이 진화되고 난 뒤에도 V섬의 서쪽은 포탄이 추락한 구덩이를 중심으로 황량한 분진과 타버린 나무가 즐비한 황무지가 되어 있었다. 대왕의 왼쪽 가슴팍에도 다른 섬모들에 비해 교차하는 그물망이 성기고 느슨한 부위가 있었다. 그 자리가 흉터였다. 고열을 앓는 대왕이 침대에 누워 상처를 회복하는 동안 야산에서도 삼림을 복구하고 토지를 비옥하게 만들기 위해 꽃가루나 포자를 몸에 묻힌, 씨앗을 입에 물고 있는, 퇴비를 굴리는 짐승들이 삭막한 황무지 위를 황망하게 오갔다고 했다. 매일이 식목일이었다. 사람들 또한 황무지 위에 어린 묘목을 심고 돌아갔다. 그 어린 묘목들을 양육하기 위해 V섬의 짐승들 모두가 전력으로 힘썼고, 이제 야산은 포격 사건 당시의 화재로 인한 피해를 거의 수복한 상태였다. 혼절해 사경을 헤매던 대왕이 쾌차해 자리를 털고 일어나자 그제야 V섬의 항해도 다시 시작되었다. 꼬박 하루 동안 전개된 긴 이야기였지만, 그 이야기는 V섬의 찰나에 촘촘하게 기입된 짧은 이야기였다.

우명수 군은 대왕의 흉터를 헤치며 덩굴 안으로 진입해 들어갔다. 다른 곳은 섬모가 빽빽했지만 흉터 쪽은 아직 그만큼 우거지지 않아 우명수 군이 나아갈 수 있는 샛길이 되었다. 우명수 군이 대왕의 심장 근처까지 내려왔을 때였다. 진흙을 씻을 수 있는 다른 목욕탕이 나왔다. 빛처럼 깨끗한 물. 빛이 고여 있는 욕탕 안에 유령들이 있었다. 그들은 보이지 않았으나 유령들의 뒤척임을 잠방거리는 빛의 흐름을 통해 알 수 있었다. 유령들이 뭉근한 빛 속에 에워싸인 우명수 군에게로 다가왔다. 너그러운 손길로 우명수 군을 씻겨주었는데, 우명수 군은 피부를 쓸어내리는 나긋나긋한 손길들이 상기시키는 잊고 있던 다정함에 깜짝 놀라 그만 울음을 터뜨렸다. 우명수 군은 지하 궁전으로의 여행을 마치고 김구천 씨와 허춘옥 씨에게로 되돌아갈 것이다. 김구천 씨의 꽃게잡이 어선의 선실에 작별한 대왕의 얼굴을 그려 넣을 것이다. 무엇을 닮았나? 빙그레 웃고 있는 마리모를 닮았지.

*

　주일이 되면 할머니를 부축해 예배당까지 나갔어요. 감독이 말했다. 할머니는 예배당 한쪽 구석에 흐리멍덩한 표정으로 앉아 있었지요. 눈꺼풀을 둔하게 껌뻑거리거나 설핏 고개를 갸웃거릴 뿐이었던 것 같아요. 할머니의 영혼은 예배당이 아니라 바다 건너의 아득한 섬에 위치하는 것 같았지요. 육지에 모여 있다가 뿔뿔이 흩어져 도달하게 되는 작은 섬들. V섬도 예전엔 그런 장소들 가운데 하나였겠죠. 다 끝났다고 여기며 떠나온 섬의 변두리에 서글프게 엎드려 있다가 웅크리고 뒤척이며 자세를 교정할 힘을 얻었겠죠. 마침내 자리를 털고 일어나 나머지 삶을 일굴 집을 짓기 시작했을 겁니다. 유배지는 정착지가 되었겠죠.

메마른 복숭아 씨앗을 닮은 쪼글쪼글한 주먹이 할머니의 허벅지 위로 고요하게 얹혀 있었던 것이 생각나요. 꼭 울퉁불퉁한 바위섬처럼 말이죠. 목사의 말끝마다 아멘을 붙이는 놀이. 사람들처럼 입을 맞춰 합창하고 싶었으나 말하는 타이밍이 매번 늦거나 빨랐어요. 저는 슬그머니 할머니의 그러쥔 주먹 사이로 손가락을 넣었습니다. 예전에 그런 행동을 하면 할머니가 저를 물끄러미 내려다보며 제 손가락을 꽉 잡아주거나 성가시다는 듯 내팽개치기도 했단 말이에요. 예배 도중에는 얌전하게 있으라며 쉿, 입술에 손가락을 붙이고 주의를 주었지요. 그러나 그때 할머니는 반응이 없었어요. 할머니가 곧 돌아가시겠구나. 저는 예감했던 것 같아요. 목울대부터 가슴까지 욱신거리는 통증이 타고 내려왔고, 아무에게나 할머니를 살려달라고 부탁하고 싶었지요. 나를 좀 살려줘. 마을 사람들 대개가 할머니의 약방을 찾아와 그렇게 하소연했으니 저는 할머니를 향해 할머니를 살려달라고 졸라야 할 것 같았어요. 할머니, 그렇게 멍하니 있지만 말고 내 할머니를 살려주세요.

머릿속에서 자라나는 공백의 간격을 자각하고 있을

때만 해도 할머니는 자신을 치료하기 위한 탕약을 지을 수 있었어요. 제게도 처방전을 일러주었지요. 저는 매일 그 처방전이 가르치는 대로 약재들을 달여 할머니에게 떠먹였습니다. 어느 순간부턴가 할머니의 상태가 호전되는 일은 없었어요. 할머니는 점점 드물게 정신을 차렸지요. 캐비닛 속의 미라들도, 미신의 효험도 쓸모없어졌습니다. 목사는 검은 짐승에 관한 이야기를 들려주었지요. 검은 짐승이 엄습하는 죽음처럼 다가와 인간을 쓰러뜨릴 것이라고요. 그러니까 얼른 회개해야 합니다. 죽음이라는 낱말을 듣기만 해도 불덩이를 만진 것처럼 화들짝 놀라던 때였어요. 목사는 임박한 종말의 날, 마녀들이 횡행하는 발푸르기스의 밤에, 사람들의 목숨을 약탈하기 위해 다가오는 검은 짐승의 무리가 있을 것이라고 말했지요.

그러나 예배당은 신앙에 의해 보호받습니다. 검은 짐승들과의 싸움이 시작되지요. 마을 사람들은 한뜻으로 단결해 문을 폐쇄하고 검은 짐승들의 진입을 저지합니다. 기도에 신실하게 임한다면 예배당이 거룩해지고, 검은 짐승과 내통하려는 이들을 색출해 청산한다면 은총이 순수해질 거예요. 예배당을 차지하지 못한 검은 짐승

들은 예배당 바깥의 척박한 대지를 배회하게 됩니다. 갈
증과 빈곤, 열병과 굶주림에 사로잡힌 채로 말이죠. 그
들에게는 신에 대한 믿음도, 예배당에 은거하는 우리처
럼 서로를 살뜰하게 돌보는 이웃이나 조력자도 없어요.
목사는 그것이 우리가 검은 짐승들에게 복수하는 방
식, 그들을 극형에 처하는 방식이라고 말했습니다. 예
배당 바깥의 황무지에서 검은 짐승들은 뒤틀린 원한과
분노, 경박함과 두려움에 복종하며 살아갈 뿐이라고
말했어요.

　예배당 바깥이 지옥으로 변할 것이라고 했지요. 검은
짐승이 검은 짐승들을 낳고, 먹이는 한정되어 있는데 머
릿수만이 기하급수적으로 증가하는 그들에게서 두뇌가
짓밟힌 살코기처럼 문드러지는 참혹한 돌림병이 창궐
할 것이라고 말했습니다. 자신이 감염된 질병의 숙주라
는 사실도 인지하지 못한 채 서로를 지저분하게 사랑했
기 때문이에요. 타액과 눈물을 뒤섞고 살갗을 부대끼며
돌림병을 번식시킬 것이라고요. 우리는 이 어려운 시기
를 견디고 서로를 다독이며 그들이 자멸할 때까지 기다
리면 족하다고 말했지요. 검은 짐승들이 자신들이 저지
른 과오로 말미암아 합당하게 패망할 때까지의 기다림

이겠죠. 악의 종복들인 검은 짐승들이 어느새 모가지에
휘감긴 스스로의 죄악에 의해 새파랗게 질려 교살될 때
까지의 기다림입니다. 그들이 우리의 연민을 건네받을
자격을 잃어버렸으니까 말이죠.

그들이 무례하게 우리의 영토를 침범한 것이지 우리
가 그들을 추방한 것이 아니니까요. 윤리적인 감수성이
나 인간적인 양심 따위가 절멸한 저 바깥, 허기진 창자
들이 득세하며 통제되지 않는 충동의 고깃덩어리들이
활보하는 저 바깥, 이전투구와 각자도생과 시기심의 아
수라장인 예배당 바깥의 황무지에서, 강한 자는 약한 자
를 유린하거나 겁박하기 위해 혈안이 되어 있을 것, 유
린당한 자는 자신보다 더 약한 자를 착취하기 위해 모
략을 꾸미고 있을 것, 다른 이의 존엄과 권리를 갈취해
자신의 재산을 축적하는 파렴치함이 일상으로 자리잡
힐 것, 불신과 배반은 생존의 역량일 것, 모두가 동족의
고통과 불만족을 은근히 향락할 것, 참회와 반성이란 처
벌을 모면하기 위한 비열한 책략일 것, 포르노와 스너프
필름에 발기하며 이웃의 빈곤과 불행에 비춰 스스로를
정당화할 것, 제 배고픔을 참지 못해 친척을 살해한 뒤
그의 팔과 다리를 먹어치우고 있음에도 일말의 괴로움

도 느끼지 못할 것이라고 말했지요. 그들 모두가 서로를
파괴하는 암세포 조직처럼 긴밀한 공모 관계를 이룩하
고 있다고도 말했습니다. 우리는 이 부정한 세계에서 예
배당으로 피신한 것이었어요. 우리가 검은 짐승에게서
인간을 지키고 있다고도 말했지요.

그러나 저는 확신해요. 목사의 설교 속에서 예배당이
란 검은 짐승들의 침략을 막아낼 정도로 견고한 장소이
지만, 실은 검은 짐승 한 마리의 숨결이나 부채질 한 번
에도 와르르 무너지는 허약한 장소일 뿐이라는 사실을
말이죠. 절망이 슬쩍 어깨를 움켜쥐기만 해도 지붕이 날
아가고 기둥이 붕괴하는 얼기설기 쌓은 지푸라기 같은
장소이지요. 예배당은 검은 짐승의 세계 바깥에 위치하
지도 않습니다. 우리가 우리의 피안을 강화하기 위해 사
악한 외부에 대한 상상력을 증폭시키면서, 바깥의 세계
가 경멸적이며 퇴치해야만 할 것들로 가득하다는 환상
을 제작했는지도 모를 일이잖아요. 목사가 우리라고 말
할 때의 우리는 검은 짐승들과 구별되는 존재로서 그들
과 싸우고 있다고 생각하지만, 막상 우리가 검은 짐승들
의 일부처럼, 검은 짐승들이 검은 짐승들과 난투극을 벌
이듯 우리 또한 검은 짐승으로서 그들의 행동을 똑같이

반복하고 있는 것은 아니었는지에 대한 의구심 또한 떨칠 수가 없는 것이죠.

　한편 목사의 설교 속에서 우리는 구원받습니다. 유약한 마음을 추스르고 서로를 달래며 난처한 시기를 견디는 일에 성공하지요. 그동안 야외에서는 돌풍이 맹렬합니다. 검은 짐승들은 서로를 포식하며 육체의 공허를 채우는 일에 탐닉하지요. 날벼락이 시도 때도 없이 내리칩니다. 거듭된 재해로 작물과 가축이 죽어가요. 돌이킬 수 없는 몰락의 순환이 임계점을 초과하고, 목사는 원자로 속에서 가차 없이 회전하는 우라늄처럼 타락한 순환의 세찬 가속을 통해 귀결되는 예고된 종말이 신의 심판 자체일 것이라고 말했지요. 그리고 그것이 우리가 바라는 바이기도 하다고요. 검은 짐승들은 그들의 악행과 잘못으로 인해 파멸할 것이고요. 우리는 그들의 죽음을 염려하지 않을 것, 우리의 자리를 내어주지 않을 것입니다. 검은 짐승들의 사체로 토양이 비옥해지겠지요. 드디어 예배당을 탈출한 우리는 검은 짐승들의 유해 위로 밭을 갈고 쟁기를 끌며 신성한 대지를 수복할 것입니다. 우리의 곳간엔 신선해진 대지에서 수확한 과육과 작물이 넘쳐날 것이고요.

　그리고 저의 예배당에서는 이러한 원리가 반전되어 있었어요. 검은 짐승들이란 예배당에 들어가지 못하고 야외를 방황하는 마을 사람들이었지요. 설교 속의 우리들이란 검은 짐승들이었어요. 장의자에 줄지어 자리를 지키고 있는 신도들도 마을 사람들이 아니라 검은 짐승들이었지요.

　저는 주일이 되면 쓸모없어진 미라들을 하나씩 꺼내 약방의 카운터에 펼친 뒤 그것들로 저만의 예배당을 꾸렸지요. 저는 검은 짐승들 사이에 앉아 찬양했지요. 저는 인간인 검은 짐승이었고, 예배당에서는 동물의 주검들을 부활시키기 위한 바쿠스제가 거행되었어요. 천태만상의 짐승들이었지요. 그러나 종차를 망라해 그들 전부가 섭취하는 구강에서 배설하는 똥구멍에 이르는 가느다란 밥줄을 갖고 있었어요. 아메바부터 개똥벌레까지, 나그네새부터 일각수까지 모두가 이 밥줄에 묶여 있었지요. 다른 이를 모조리 제 양분으로 흡수하고도 발랄하게 뻐끔거리고 꼴깍거리며 퇴비를 생산하는 기관. 천연덕스럽게 생명의 독재를 주장할 줄밖에 모르는, 단단한 공기 방울을 빼는 것처럼 쉬지 않고 옹알거리는, 무아를 먹고 무아를 배출하며 자급자족하는 수만 마리의 구멍들이었지요. 수만 마리의 짐승을 죽이는 세계가 동시에 수만 마리의 짐승을 살리는 세계였지요.

할머니는 설교하지 않았어요. 대신 주걱으로 펄펄 끓는 솥단지를 젓고 있었지요. 걸쭉한 수프에서 소용돌이가 일었어요. 이때 저는 아주 먹음직하고 귀여운 어린아이였습니다. 수면 위로 떠오른 삶은 익사체가 바로 저였거든요. 통통하게 살이 오른 제 육신을 얼마든지 맛보세요. 할머니가 붉은 기름의 막을 국자로 걷어내 예배당 바닥에 뿌렸습니다. 저는 검은 짐승들을 봉양하는 인육이 되어 솥단지 위로 물큰하게 솟아올랐어요. 은은한 증기가 예배당 안에 퍼졌습니다. 짐승들이 솥단지 근처로 몰려들었어요. 할머니가 양푼에 산산이 풀어져 연해진 저의 살점을 국자로 떠서 검은 짐승들에 배분했습니다. 저는 뜨겁다거나 끔찍하다거나 하는 감각을 망각한 채 헤실거리며, 다져지고 으깨어진 채 검은 짐승들의 밥줄 아래로 미끄러져 내려갔지요. 되살아난 검은 짐승들은 빳빳한 깍지를 탈피하듯 미라 속에서 빠져나왔어요. 바닥으로 즐비한 미라의 외피들이 땅콩 껍질처럼 바스락거렸습니다.

하찮은 장난감 놀이였어요. 꿈에서 깨면 살아남은 사

람은 저였고요. 팔뚝을 깨물었는데 너무 아파 눈물이 나
올 지경이었지요. 물론 저는 훗날 제 하찮은 장난감 놀
이를 실현할 거랍니다. 낙후된 V섬의 토지를 매입해 검
은 짐승과 기괴한 애도의 세리머니가 거하는 저만의 테
마파크를 건설할 거예요. 제가 꿈속에서 짐승이 되었던
것처럼, 마을 사람들 모두가 할머니가 달인 수프를 마셨
으니 그들 또한 꿈의 예배당에서는 할머니를 섬기는 짐
승들일 수도 있었겠지요. 그러니까 제가 약방의 테이블
에 설치했던 예배당의 미니어처는 진짜 예배당의 반전
된 진실을 어느 정도 반영하고 있을 수도 있었겠지요.

　제가 장난감 놀이를 시작한 시점은 마을 사람들이 할
머니의 예배당 출입을 만류했던 때부터였어요. 앞서 말
했듯 할머니의 영혼은 바다 건너의 아득한 섬에 위치했
지요. 그 때문에 이곳과의 연결이 끊어져버렸어요. 대신
개골거리거나 키득거리면서 그 섬에 있는 존재자들과
관계하고 있다는 인상을 노출하는 순간이 있었는데, 외
계에 있는 영혼이 뒤처진 할머니의 보랏빛 입술과 교신
하는 듯했지요. 욕설을 퍼붓거나 발음이 뭉개져 알아들
을 수 없는 말들을 속닥거렸어요. 이런 할머니가 예배에
방해가 되었던 건지, 마치 목사의 설교를 조롱하는 것처

럼 느껴져 숙연한 분위기를 저해했던 건지도 모르겠어요. 마을 사람들은 할머니를 예배당에 데려오지 않아도 된다고 말했습니다. 그렇다면 내가 할머니를 위한 새로운 예배당을 지어주어야지. 저는 생각했지요. 그때 할머니의 주먹이 제 손가락을 꽉 움켜쥐었어요. 부드럽게 미소를 지었지요.

*

그는 새로운 소설을 시작할 때마다 지금보다 캄캄한 곳으로 나아가야 한다는 막연한 동기를 통해 움직였다. 그는 분발했다. 직물 구조를 이형으로 반복하는 프랙털처럼 모종의 중심이 존재하지 않는 곳이었다. 그는 밀반죽처럼 삽시간에 변형되어 멀미를 일으키는, 구멍이 숭숭 뚫린 글쓰기의 해면 위에 엉거주춤하게 서서 균형을 잡고 걸음을 옮기기 위해 노력했다. 그는 검은 짐승을 추적했다. 겅중거리며 뛰어가다 바닥에 자빠져 피를 흘렸다. 죽은 척하고, 덫을 설치하고, 휘파람을 불고, 살며시 다가갔다. 검은 짐승이 그가 캄캄한 장소로 나아가길 원했던 힌트나 단서를 제공하지는 않을까. 그는 기대했을 것이다. 당분간은 낙관적으로.

 어림없는 일이었다. 검은 짐승이란 무엇일까. 그를 낯선 중력장으로 끌어당겨 현실을 와해시키는 심연의 괴물, 그의 혜맴을 계시의 과정으로 주조하며 그를 목적지로 이끄는 길라잡이? 얼마든지 그렇게 명명할 수도 있었겠지만, 검은 짐승이란 단지 망상적이며 조잡한 환영일 뿐, 그의 공황이나 오인, 산만한 주의력, 질겁하는 습관에 의해 생성된 헛것일 가능성도 배제할 수 없었다. 의식의 몽롱한 찌꺼기나 개인적인 콤플렉스 따위가 뒤범벅된 후줄근한 혼합물? 전자라면 그는 작가로서 미지의 어둠을 향해 밝혀지지 않은 귀중한 것을 찾기 위해 나아가고 있는 것이다. 후자라면 그는 환자로서 폐쇄된 어둠 속을 맴돌며 고립되어 있는 것이다.

 그리고 이러한 차이를 영영 구분할 수 없으리라는 체념적인 생각이 뒤따랐다. 환상과 현실의 경계를 불안하게 서성거리는 일이란 공유될 수 없는 장광설이나 음모론에 투항하는 일과 어떻게 다를까. 어둠 속에 도사린 검은 짐승이 그에게 모종의 비밀스러운 지혜를 선물한다고 하더라도, 말하자면 그가 미지의 어둠을 탐사할 여권을 상실했기 때문에, 그 비밀스러운 지혜의 성격이 소외된 밀실에서 그 자신에게나 유용할 낯선 물체에 몰닉하는 허덕임과 어떻게 변별되는 걸까.

수색에 몰입하는 일이 우스워졌다. 공상이나 착오에 이끌리는 무의미한 미혹을 근절하고 싶었다. 모든 문장이 비워진 실체를 장식적으로 에워싸는 수천 장의 꽃잎일 뿐이라는 생각이 들었다. 꽃잎을 다 떼어내면 조야한 풀잎만이 손에 쥐어지는 검은 튤립 한 송이, V섬을 휘감은 무수한 꽃잎이 전부 허풍과 하품과 거품일 것. 심연에서 건져냈다고 믿으며 내내 애지중지했던 보물이란 어디에나 널려 있는 평범한 사물에 대한 그의 왜곡된 집념이나 광적인 애호의 산물이며, 영영 객관화하지 못할 그의 병리적인 애착을 증거할 초라한 애물단지에 불과하다는 생각이 들었다. 신빙성 없는 언어들의 복잡성에 매몰된 채 사태를 교란시키는 일을 중단하고, 지금 당장 병원에 가서 의학적인 처치를 받은 뒤 이 모든 곤란한 미몽을 건강한 방식으로 청산해야 옳지 않을까? 그의 탐색이나 혼란 또한 자아와 자아 사이의 분열과 간극을 성애하는 무한하고 무가치한 몸짓들에 관한 탐색이나 혼란이라는 생각이 들었다. 미지라고 믿었던 장소가 그를 개복하는 차가운 수술대 위에서 모조리 탈신

비화되거나 눈부신 가시성의 칼끝에 찔려 밝혀지고 나
면, 그곳에는 그의 어리석음과 강박관념, 불능의 환상들
만이 병균을 옮기는 박쥐들처럼 거꾸로 매달려 있지는
않겠는지.

　그는 이렇듯 어둠이 아니라 어둠 속으로 나아갈 자격
을 심문하는 듯한 냉소적인 소음들에 가로막힌 채, 자
신에게 가혹하게 여겨지는 생각을 거듭하며 가파른 비
탈을 올라갔다. 나무 그루터기에 등을 기대고 숨을 골
랐다. 갈팡질팡하다 펜션으로 돌아갈 길을 놓칠 것이다.
랜턴을 밝힌 핸드폰 배터리가 거의 닳아 있었다. V섬은
거기가 거기이므로, 길을 찾는 일보다 길을 잃어버리는
일이 어려울 수도 있겠으나, 그가 표류하길 선택한다면,
그가 실종된 아이를 찾으려는 표류를 감행할 것이며 밤
새도록 그것을 단념하지 않는다면, 그는 어둠의 작용에
따라 자꾸만 지연되는 목적의 시효에 편승하듯이 표류
하는 사람의 궤적을 연출할 수는 있을 것이다. 왔던 길
을 정확하게 되돌아가지 않고, 되돌아가는 길을 항상 휘
어서 되돌아가면서, 되돌아감과 되돌아감 사이에서 닫
히지 않는 원을 그리며 정확하게 빗나가면서.

　그러나 그는 자신이 정말 실종된 아이를 발견하기 위

해 표류하는 것인지, 혹은 표류하기 위해 실종된 아이를 찾으리라는 거짓된 약속을 자신에게 부여한 것인지를 가늠할 수 없다는 사실에 철저하게 매여 있었다. 좀처럼 친숙해지지 않는 어둠이었다. 하마터면 낭떠러지 아래로 실족할 뻔했다. 파도 소리가 쟁쟁했다. 식물들의 뒤척임이 배후에서 자박거리는 기척으로 넓어졌다. 험준한 벼랑과 강퍅한 바위 해안, 출렁거리는 밤바다의 경계가 평평하게 지워져 있었다. 때문에 서너 걸음 정도는 무지와 오류와 비가시성을 핑계로 허공을 걸어가는 일이 가능하지 않았을까. 그가 까마득한 허공을 딛고 있다는 사실을 알아채기 전까지는 말이다. 엄혹한 깊이가 그의 발치에 있었다. 그는 물러섰다. 다리가 후들거렸다. 우명수 군의 이름을 크게 불렀다. 섬에서 메아리는 들리지 않았다.

*

그는 산자락 어디쯤에서 감독의 지도를 불태웠다. 라이터를 당겨 불꽃을 구겨진 종이 끄트머리에 댔지만 불이 붙지 않았다. 그는 바닥을 긁어 마른 풀을 모아 불꽃을 키웠다. 그제야 지도가 타올랐다. 그는 까불거리는 화염의 리듬 속에서 오그라드는 V섬을 빤히 바라보았다. V섬에 그어진 낙서 같은 길들도 함께 연소되었다.

감독이 그를 지켜보고 있었는지, 나무 위에서 눈을 부라리던 원격 나그네새 한 마리가 팔랑거리며 낙하하는 손수건처럼 지상을 향해 날아들었다. 그의 주위를 종종거리듯 걸어 다니며 타오르는 불꽃을 구경했다. 울긋불긋한 광채에 물든 그를 촬영했다. 그는 팔을 뻗어 원격 나그네새를 움켜쥐었다. 날개를 꺾고 모가지를 부러뜨릴 것이다. 렌즈를 깨트리고 송신 장치를 망가뜨릴 것이다. 파손된 원격 나그네새를 불꽃 속으로 던져넣고 나면 지표 없는 막막한 어둠 속에서 감독이 그를 찾을 방법은 없을 것이다.

보드라운 날갯죽지 사이에서 심장이 고동쳤다. 그는 연약하게 부들거리는 나그네새의 체온을 느꼈다. 나그네새는 쪼개진 부리로 비명을 지르며 그의 손아귀를 이탈하기 위해 발버둥 쳤다. 원격 나그네새가 아니었다. 파닥거리던 나그네새가 허공을 후려치며 저편으로 날아갔다. 눈앞이 아찔했다. 타이밍이 조금만 늦었다면 나그네새는 그의 손에 의해 목이 졸렸을 것이다. 손아귀로 불꽃의 그림자가 너울거렸다. 그는 자신의 손을 내려다보았다. 무력하며 기도와 악수에 미숙하지만 동시에 새 한 마리를 확실하게 죽일 수 있는 손을.

　그때 감독에게서 전화가 걸려왔다. 어디에요? 어디십니까? 수십 마리의 원격 나그네새가 V섬의 밤하늘을 가로지르며 그를 찾고 있었다. 저는 V섬에 있습니다. 여기가 어딘지는 잘 모르겠어요. 그는 대답했다. 주변에 뭐가 있습니까? 밝은 장소로 나오세요. 마치 조난당한 사람의 좌표를 추궁하는 구급대원 같은 말투였다. 어제 V섬에서 아이 하나가 사라졌대요. 아이가 어디에 있는지 당신은 알죠. 다 찍혀 있을 테니까. 그는 말했다. 주소를 대세요. 감독이 대답했다. 랜턴을 휘둘러 주변 경관을 살피니 무덤이 보였다. 비석은 없었지만, 누군가에 의해 관리된 모양인지 잡풀이 민둥하게 깎여 있었다. 그는 주소를 말하지 않았다. 지도를 재로 화하는 불꽃의 띠가 점점 희미해졌다. 예배당을 향해 내달리던 삐뚤빼뚤한 길들까지가 완전히 사위면 감독을 미행하던 그는 영화 속에서 퇴장하고, 오로지 그 자신을 위해 주어진 표류만이 남게 되리라는 생각이 들었다. 그는 깜부기 불꽃을 밟아 꺼트렸다.

　휴대폰 배터리가 떨어져 전화도 끊어졌다. 뒤쪽에서 누군가 그의 어깻죽지를 잡아끌었다. 너희가 우리를 속였지. 우리를 바보 취급했지. 우리가 당하고만 있을 줄 알아? 눈두덩이 욱신거렸다. 어둠의 한가운데로부터 주먹세례가 빗발쳤다. 나동그라진 그의 입술에서 신음이 흘러나왔다. 괴한들이 납작하게 드러누운 그를 걷어찼다. 턱이 빠개지듯 돌아갔다. 멍든 시야가 너덜너덜하게 부르텄다. 저는 V섬이 싫지 않아요. 저는 V섬이 싫지 않아요. 그는 애원했다. 괴한들이 침을 퉤 뱉으며 가버린 뒤에도 그는 한동안 양손으로 목덜미를 감아쥐고 있었다. 화끈거리는 통증의 불티가 온몸을 돌아다녔다. 피투성이로 경련하는 그를 쳐다보는 검은 짐승이 있었다. 눈동자가 잉크 방울처럼 반짝였다. 검은 짐승의 몸이 뒤틀렸다. 둘로 갈라진 거죽이 묵직하게 주저앉았다. 그곳에서 검은 짐승의 탈을 벗은 인간 한 명이 나왔다.

　그가 단 한 번도 만나지 못했던 새로운 종류의 인간이었다. 인간이라고 부를 수 있을지가 불확실한 인간, 인간과 전혀 유사하지 않은 인간, 그러나 조우하는 순간 인간 말고는 그를 특정할 다른 짐승의 이름을 떠올릴 수 없는 그런 종류의 인간이었다. 그 새로운 인간을 가리켜 인간이라고 부르는 일은 돌멩이나 암퇘지를 가리켜 인간이라고 부르는 일과 다르지 않을 것이나, 새로운 인간의 존재 자체가 돌멩이나 암퇘지를 가리켜 인간으로 부르는 일을 허락하기 위해 이곳에 나타난 듯했다. 검은 짐승이라는 어두컴컴한 대기실 안에서 인간으로 변신하는 짐승들과 짐승으로 변신하는 인간들이 있었다. 새로운 인간을 인간으로 받아들이는 일은 나머지 인간들의 몫이겠으나, 나타나지 않은, 유예된, 도중의 존재들을 용인하고 양육하는 캄캄한 낙원으로서의 검은 짐승이 있었다. 그는 다가갔다. 검은 짐승에게서 솟아난 새로운 인간을 향해서가 아니라, 새로운 인간이 누추한 허물처럼 버리고 떠난 검은 짐승에게로. 숨을 죽인 채 낮은 포복으로.

들쭉날쭉한 나뭇잎들 사이로 엿보이는 수평선이 할퀴어진 것처럼 붉었다. 부윰하게 동이 터왔다. 날이 밝자 그가 뒤쫓던 검은 짐승도 사라져 있었다. 그는 땅을 짚고 바닥을 기어갔다. 가끔 인간의 걸음을 시도하듯 자리에서 일어나 몇 발짝을 옮겼다. 토양이 질펀했다. 그는 뭉툭한 돌부리에 걸려 앞으로 고꾸라졌다. 축축해지는 몸에 아랑곳하지 않고 미끄덩한 비탈에 매달렸다. 그는 드러누운 채 날갯짓했다. 그는 코를 바닥에 대고 쿵쿵거렸다. 그는 개 인간처럼 보였다. 사슴 인간이나 매미 인간처럼도 보였으나 시늉하는 몸짓과 동작이 어설펐다. 그는 V섬의 창공과 대지에 적나라하게 노출되어 있었으므로 원격 나그네들의 시선 속에 있었다. 그러나 그가 잠시라도 검은 짐승일 수 있다면, 어떤 시선도 그의 내재적인 자유를 침해하지 못할 것, 그는 이곳이 밀폐된 온실인지 광활한 숲인지를 개의치 않을 것이다. 순서와 이동 경로를 달리하며 헝클어지는 수천 가지의 표류가 비좁은 공간을 무화시킬 것이나, 무화된 공간이란 당분간 그의 닫힌 의식 속에 억류된 채 드러나지 않을 것이다.

   V섬으로 입항하는 선박의 뱃고동 소리가 들렸다. 그는 기꺼이 돌아가는 배를 놓칠 것이다. 촬영이 마무리되고, 개구리복 남자들이 V섬을 떠나고, 그를 대신하는 그의 유령이 선박에 실려 V섬 바깥으로 복귀한 다음에도 그는 V섬에 머무를 것이다. 그는 가만히 있는다. 그는 웅크린다. 토굴에 머리를 파묻은 그의 머리 위로 하늘을 가르는 포탄의 궤적이 지나간다. 그가 V섬의 영구적인 주민이 되었음을 고지하듯이. 그는 폭음에 전율한다. 그

는 울부짖는다. 그의 귀에서 피가 흐른다. 별똥별이 되어 낙하하는 눈동자들, 불타는 눈동자들이 V섬 안쪽을 굴러다닌다. 그저 같은 장면을 한없이 리플레이한 것일지도 모른다. 그는 도주할 장소를 상실하거나 폐지하기 위해 V섬에 왔는지도 모른다. V섬이 아닌 다른 곳들을 깡그리 소진하기 위해, 틀어박히기 위해, 허물어진 믿음을 다시 건설할 장소가 이곳밖에 없음을 자기 자신에게 확정적으로 선고하기 위해. 그는 비로소 V섬에 감금된다. 그는 야산을 내려간다.

소용돌이다!

김태용

양선형의 소설을 읽을 차례다. 나는 그가 만든 비선형적 지도를 따라 기꺼이 소설의 소용돌이 속으로 떨어질 준비를 하고 있다. 그렇다. 양선형의 소설을 읽는 것은 소설의 소용돌이 속으로 떨어져 헤맨 뒤 예상치 못한 곳에서 정신을 차리는 것이다. 정신을 차리지만, 흐르는 시간은 더 이상 우리에게 익숙한 시간이 아니다. 이전과 다른 시간 속에서 소진된 언어가 만든 이미지를 재감각한다. 언어가 만든 이미지가 망막에 맺히는 순간 어떤 희망이 떠오른다. 그 희망은 기어코 어둠 속에서 더듬거리며 문학의 잔해를 수습할 수 있는 용기를 준다. 어떤 소설은 소설에 대한 근본적인 물음을 묻게 된다. 너무 근본적이어서 대답이 필요 없는. 하지만 불필요한 대답을 꼭 들어야 할 때가 있다. 소설은 어떻게 읽는가.

첫 문장부터 읽으면 된다. 그렇다면 양선형의 소설은 어떻게 읽는가. 역시 첫 문장부터 읽으면 된다.

  알약을 먹은 뒤 한 시간 정도가 지나자 시야가 진정되었다. (7쪽)

  소설 속 그는 진정되었지만, 그것이 끝이 아니라 시작이라는 것을 잘 알고 있다. "가슴 한가운데 복숭아 씨앗이 박힌 것처럼 호흡이 답답한" 그는 언제든 진정 이전의 상태로 돌아갈 것이고, 우리는 서서히 그의 의식이 꼬여가는 것을 알게 될 것이다. 꼬인 의식을 풀어내려고 시도하지 말자. 소용돌이가 될 때까지 기다리자. 그리고 다시 소용돌이가 멎을 때까지. "그에게서 시작된 소용돌이는 그에게서 멎는다." 의식의 안과 밖을 따라 언어가 전진한다. 언어는 전진하면서 이야기를 만든다. 이야기를 만드는 동시에 이야기를 되감는다. 때로는 이야기의 독이 올라 문장들이 총천연색으로 빛난다. 언어의 끝에 촉수가 생겨 이야기를 헤집어 놓고, 서사의 알갱이를 터뜨려 사유의 즙을 빨아들인다. 양선형의 소설이 다시 시작된다.

그가 쓴 소설의 내용? 그런 건 존재하지 않았다.(20쪽)

　소설가인 그는 이제 막 V섬에 도착했다. 그는 감독의 부름으로 V섬을 배경으로 한 영화에 출연할 예정이다. V섬은 감독의 고향이다. 감독은 믿을 만한 사람인가? 그럴 리가 있겠는가. 감독의 말은 그의 의식의 문고리를 흔들며 유혹한다. 그는 유혹에 약한 인간인가? "외로움은 사람을 게걸스럽게 만드는 구석이 있다." 이야기가 시작되기도 전에 우리는 이야기의 중심부를 엿본 것처럼 감독의 목소리를 듣는다.

　의미는 허우적거리는 짐승처럼 사건을 추적하지만 사건을 추월해 달아나지는 못해요. (22쪽)

　죽은 짐승에 대한 슬픔을 글로 쓰는 사람은 죽은 짐승에 관해 슬퍼하는 사람만이 아닙니다. 작품은 죽은 짐승에 관한 새로운 언어를 창조합니다. (24쪽)

　그러므로 가장 정직한 의미란 짐승으로 변신하기를 갈망하는 인간입니다. 저는 어떻게 짐승과 동침할 수 있을까요? (25쪽)

감독의 혀에 달라붙어 있는 짐승은 V섬의 검은 짐승에 대한 부름인가? 소설가는 짐승론으로 유혹하는 감독의 언어에 맞설 수 있는 입말을 가지고 있지 못하다. 그는 서술자의 힘을 빌려 의식의 틈을 벌려 소용없는 대응을 할 뿐이다. 이것도 의식의 확장이라고 할 수 있다면 그렇게 불러야 할 것이다. 오로지 소설에서만 가능한, 가능해야 하는, 의식의 확장. 소용돌이다!

> 과거에 대한 관점과 미래를 향한 픽션을 공들여 완성해 마침표를 찍는 순간 이러한 믿음을 부수어 재구성하라는 현재의 명령이 도래한다. (29쪽)

> 그는 감독의 가면인가. 그렇다면 그의 내면은 감독인가. 그가 감독의 카메라 앞에서 납득할 수 없는 몸짓을 수행할 때 그의 내면은 그가 인식하지 못하는 어떤 낯선 의지로 충만하다는 말인가. (31쪽)

누가 말하고 있는가? 이 목소리는 누구의 것인가. 그것이 중요한가? 서술자는 소설 안에 있는가, 바깥에 있는가. "깜부기 불꽃"처럼 나타나 우리의 의식을 그을리며 사라지는 서술자는 어디에. 우리가 인물을 따라가는 것은 동시에 서술자를 쫓는 모험이 된다.

그가 묵고 있는 숙소의 텔레비전에서는 V섬의 장면이 송출되고 있다. "텔레비전 속의 영상은 여전히 V섬을 조망하고 있었으나 그는 그 영상을 평범한 자연 다큐멘터리로 착각한 채였다." 어리석게도 그는 그 장면을 인지하지 못한다. 위장된 초점 화자인 그를 따라 우리는 V섬을 배회한다. 동시에 우리는 그를 관찰한다. 우리가 알고 있는 것을 그만 모른다. 머리카락 한 올 한 올이 더듬이 같은 사람. 착각을 일용할 알약으로 삼키는 사람. 기괴하고 으스스한 것을 피하려다 기괴하고 으스스한 것과 만나는 사람. 그는 맹목적으로 진정 이전의 상태에 빠지길 기다리는 것 같다. 우리는 그가 어떤 곤경에 빠지게 될지 상상한다. 상상은 금지된다. 그는 어떤 시험대에 올라와 있다. V섬은 그의 정신을 해부하고 행동을 관찰하기 위해 설계된 인공 세트장이다. 그는 생각하고, 걷고, 사람들과 동물들을 만난다. 나그네새와 비존재인 원격 나그네새가 그의 시야를 교란하고 가둔다. "원격 나그네새의 시선은 모니터 속의 환영이면서 모니터 바깥의 물리적인 현실이다." 그의 눈에 비친 풍경은 너무나 구체적이어서 비현실적으로 보인다. 비현실은 초현실적 점묘를 만들고 초현실은 "한낮의 백일몽"이 되어 감각의 촉수를 활성화한다. 그가 감각적 혼돈에 사로잡힐 때 불쑥불쑥 끼어드는 목소리는 소설의 프레임 바깥을 둘러보게 하면서 서사의 호흡을 일시 정지로 만든다. 우리는 이 글이 어떻게 쓰이고 있는지 어렴풋하게 상상한다. 상상은 금지된다.

> 잎사귀나 물결이 그저 대기의 환경에 무구하게 감응하는 것이라면 언어의 한계가 시간의 흐름에 감응하면서 꿈꿀 수 있는 서술의 방식은 무엇일까? 언어의 물성이 딱딱한 조각인 척하다가도 입김에 가벼이 나풀거리는 깃털이나 물속으로 사라지는 물 한 방울 같은 것이라면 말이다. (45쪽)

　상상은 금지되어야 한다. 의식으로부터 뻗어 나온 언어의 다채로운 변형을 가능케 하는 역량은 어디서 오는 것일까? 위 문장을 메타적 관점에서 작가의 문장으로 해석하는 것도 금지되어야 한다. 오로지 V섬의 검은 짐승을 불러내기 위한 관찰과 기억에서 비롯된 주술적 서술의 방식이라는 것을. 소용돌이 속에 소용돌이가 자라나고 있다. 이야기 속의 이야기가 누설되듯 소용돌이들이 끓고 있다. 소용돌이의 질서와 형태를 만드는 일. 이야기의 맥락은 끊어지지 않는다.

감독은 제시간에 오지 않는다. 그래야 이야기가 지속될 수 있다. 감독의 유년 시절과 함께 V섬의 내력과 검은 짐승의 정체도 드러난다. 휴전 중인 한반도의 특성 없는 섬을 연상시키는 V섬은 소설의 중심부를 이루면서 정치적 메타포를 만들어낸다. 내면의 의식을 희롱하던 서술은 현상의 부조리함을 냉철하게 조롱한다. 교회의 사이비 목사는 간교한 화법으로 마을 사람들의 정신을 지배하려다 그로테스크한 최후를 맞는다. "검은 짐승이란 일요일마다 예배당에서 있었던 목사의 설교 도중 주로 등장하던 은어였다." 온갖 기괴한 짐승의 사체를 약재로 활용하고 있는 할머니의 약방은 마을의 유일한 의료시설이자 무속의 공간이다. 감독은 어둠의 체액을 삼키며 검은 짐승을 망상하며 반성장 한다. "제가 죽은 할머니에게 지금까지도 가장 용서받고 싶은 점은 당시 제가 목사가 구사하는 모호한 은어이자 협박이었던 검은 짐승을 실물로서 망상했다는 것입니다." 감독이 검은 상자인 카메라의 눈을 빌린 것은 망상의 대가이자 망상의 실천이었다. 또한 어린 감독은 인간이 아닌 비존재들과 기꺼이 우정을 맺을 수 있는 시간을 갖는다. "돌멩이는 어떻게 주장하는가. 돌멩이는 어떻게 짖는가." 스크래치가 가득한 잔혹하고 우스꽝스러운 흑백 필름 속에 담겨 있는 것만 같은 감독의 유년 시절과 마을 사람들의 도발과 난장은 동물적 울부짖음과 검은 피를 튀기며 드라마틱한 서사의 굴절과 갈등 관계를 만들고 허문다. 검은 짐승의 목격담이 또 다른 서사의 소용돌이 속으로 떨어지려던 찰나 필름에 구멍이 뚫리고 발화되고 만다.

이야기가 지속되는 동안 그는 "실격된 서술자"가 되어 다시 나타난다. 애초에 그는 서술자가 아니었다. 서술자가 되어야 한다면 실격된 서술자로서 기능해야 한다. 실격된 서술자의 힘을 발휘하지도 못하고, 그것과 무관하게, 검은 짐승의 미스테리한 목격담과 함께 아름다운 떠돌이 개들의 지하 궁전 이야기가 펼쳐진다. 오로지 유년의 시간에만 허락되고 망각되는 이야기. 문학이 보증할 수 있는 유년의 장면은 왜 이토록 투명하게 아픈가, 웃긴가. 여기서 그만!

소설은 여기서 멈췄다. 좀 웃긴 상황이지만 뒤의 이

야기는 양선형 소설가가 완성하는 대로 받기로 했다. 소설을 기다리면서 양선형에 대해 생각했다. V섬의 장면이 꿈에 나타날 것만 같았지만 그렇지는 않았다. 그 사이 양선형이 출연한 실험 영화들의 장면이 머릿속에서 이미지 조각으로 떠돌았다. 그는 걷거나 앉아 있고, 모래 위를 굴러다니고 있었다. 실격된 배우가 되어 한없이 느릿느릿 어딘가로 진격하고 있었다. 영상화된 몸의 체험이 언어로 변형되어 소설 속에 스며들었을 것이다. 그것은 오로지 양선형만 알고 있을 것이다. 그에게 이미지란 끈적끈적한 액체인가, 까끌까끌한 모래알인가. 영원히 알 수 없는 것을 떠올리려 하는 것은 유쾌한 일이지만, 양선형과 V섬의 그를 겹쳐보는 것은 금지되어야 한다.

　소설을 기다리면서 소설이 도착하지 않아도 좋지 않은가, 하는 생각을 하기도 했다. 소설은 그도 감독도 아닌 또 다른 어린 존재인 우명수 군의 맑은 울음 속에서 끝나도 좋을 것이다. 우명수 군은 울음을 멈추고 물어야 한다. 내가 소설의 끝이라면 소설이 끝난다는 것은 무엇인가요? 마지막 문장에서 소설은 끝난다. 이 말을 부정할 기회가 있다. 지금이다. 양선형의 소설은 어떻게 끝나는가? 과연 끝이 나기는 할까? 양선형의 소설은 끝을 위해 읽는 것이 아니다. 끝에서 멀어질 수는 없을까? 어떻게 끝에서 멀어질 수 있을까? 혹은 끝을 그냥 지나칠 수는 없을까? 끝 주변을 한없이 맴돌며. 끝 문장을 읽어도 끝나지 않은 소설이 있다.

V섬에 가득한 검은 짐승의 음영이, 엇나가는 풍경과 목소리의 이미지가 내 안에서 가라앉을 무렵 마침내 소설의 마무리 부분이 도착했다.

> 예배당에서는 동물의 주검들을 부활시키기 위한 바쿠스제가 거행되었어요. 천태만상의 짐승들이었지요. (199쪽)

> 할머니는 설교하지 않았어요. 대신 주걱으로 펄펄 끓는 솥단지를 젓고 있었지요. 걸쭉한 수프에서 소용돌이가 일었어요. (200쪽)

감독의 유년 시절이 다시 소환된다. 감독은 검은 짐승에 대한 기억을 유희로 만든다. 감독은 약방에 예배당 미니어처를 만들어 놓고, V섬에 검은 짐승을 위한 자신만의 놀이 공간을 만들려고 한다. 감독은 지금 어디에 있는가. 그는 유년 시절을 떠돌고 있다. 검은 짐승의 그림자에 숨어 있다. 자신의 목소리 속에 갇혀 있다. 여기 목소리 속에 갇혀 있는 또 다른 자가 있다. 그의 내부와 외부는 목소리와 풍경으로 갈라진다. 그는 서술된 실격자다. 우리가 그보다 먼저 끝이라 부를 수 있는 곳에 도착했는지 모른다. "그는 새로운 소설을 시작할 때마다 지금보다 캄캄한 곳으로 나아가야 한다는 막연한 동기를 통해 움직였다." 그는 다시 소설에 대해 생각한다. 그가 생각하는 소설은 어떤 소설인가. "환상과 현실의 경계를 불안하게 서성거리는 일이란 공유될 수 없는 장광설이나 음모론에 투항하는 일과 어떻게 다를까." 그는 계속 움직인다. 그가 실격된 서술자라고 해도. 아니 서술된 실격자라고 해도. 우리는 V섬의 비선형적 지도를 따라 그를 기다리고 있었다. "되돌아가는 길을 항상 휘어서 되돌아가면서, 되돌아감과 되돌아감 사이에서 닫히지 않는 원을 그리며 정확하게 빗나가면서." 그는 되돌아가지 못한다. 되돌아갈 수 있다면 그는 자신과 자신의 유령으로 분리되어야 한다. 그리고 되돌아가는 것은 언제나 분리된 유령이다. "그를 대신하는 그의 유령이 선박에 실려 V섬 바깥으로 복귀한 다음에도 그는 V섬에 머무를 것이다."

　그는 감독의 망상을 실현하는 동시에 증명하고 있는가. 그는 만족할 만한 허구의 실험체인가. 그의 연기는 믿을만한가. 여전히 그를 둘러싼, 그와 무관한 V섬의 이야기는 검은 짐승의 잔털에 소용돌이를 일으키며 거친 숨을 내쉬고 있다. 그는 더 이상 알약을 삼키지 않아도 좋을 것이다. 정신을 차릴 필요가 없다. "비로소 V섬에 감금된" 그는 이전과 다른 시간 속에서 살아갈 것이다. 그의 시간과 우리의 시간은 점점 시차를 만들고, 우리가 책을 덮을 때까지 시차의 간격은 점점 넓어질 것이다. 넓어져라. 더 넓어져라. "소설은 시간을 생략하기에 좋은 장르이다. 하지만 생략된 시간은 우리에게 익숙한 시간이 아니다." 익숙한 시간이 아니기에 우리는 소설의 시간을 아주 잠시 동안, 영원히 산다. 책을 덮으면 시차는 무화된다. 책을 덮어도 좋을까. 다 읽었다고 말하지 말자. V섬의 새로운 인간이, 돌멩이와 암퇘지가 우리에게 손을 흔든다. 우리는 악몽과 망상 속에서 보낸 유년 시절을 잊었다.

　『V섬의 검은 짐승』은 모험 소설, 해양 소설, 성장 소설, 심령 소설, 내면 소설, 관념 소설, 약물 소설, 사변 소설, 동물 소설, 이 모든 소용 없는 장르를 뒤섞어 버리는 미친 소용돌이다! 양선형은 검은 짐승의 탈을 쓰고, 스프처럼 끓고 있는 의식의 질서와 형태를 만들며, 쓰고 있다. 쓰고 있다고 믿는다. 이제 더듬거리며 문학의 잔해를 수습하자. 어둠 속에서.

양선형 작가가
펴낸 책들

• 소설집

『감상 소설』, 문학과지성사, 2018.
『클로이의 무지개』, 문학과지성사, 2022.
『말과 꿈』, 자음과모음, 2023.

V섬의 검은 짐승
양선형 중편소설

초판 1쇄 발행   2023년 10월 30일
발행인   이인성
발행처   사단법인 문학실험실
등록일   2015년 5월 14일
등록번호   제300-2015-85호

주소   서울 종로구 혜화로 47 한려빌딩 302호
전화   02-765-9682
팩스   02-766-9682
전자우편   munhak@silhum.or.kr
홈페이지   www.silhum.or.kr

디자인   김은희
인쇄   아르텍

ⓒ양선형
ISBN 979-11-984817-0-2 (03810)
값 10,000원